유심시조아카데미

유심시조아카데미

2014년

알고 좋아하고 즐길 수 있는
시조 입문서

시조는 본시 웰빙과 힐링이라는 수단 이전에 생활문화 자체였습니다. 선현들이 삶 가운데 맺힌 말을, 말(한시)로 다 할 수 없을 때 차탄으로 노래와 춤을 추듯이 시조는 노래로서 정감을 풀어내는 역할을 해왔습니다. 그러니 우리말의 자연스러운 호응구조가 시조의 율격이 되었고, 율격이 노래의 바탕이 되었습니다. 이 노래에는 자연스러운 우리말이 그대로 너울거립니다.

시조교육 전문지를 표방하는 《유심시조아카데미》 2014 특별기획은 기녀들의 시조입니다. 이 기획에서는 기녀시조의 문예 미학적 특장만을 조명하기로 합니다. 조선시대 기녀라고 하면 우선 황진이를 떠올리게 되고, 기녀시조 하면 "동짓달~"을 떠올립니다. 현전하는 기녀시조 가운데 사랑과 그리움의 정한이 아련한 작품, 해학과 기지가 번득이는 작품 30수를 모았습니다. 거기다가 교유한 사대부의 수작시조에 해당하는 4수도 함께 실어서 이해와 현장성을 더하였습니다. 특별히 황진이 6수와 한우 1수, 서경덕 1수, 임제 2수에는 유심시조아카데미 명예회장 강병천 시인께서 영문 번역의 노고를 더해주셨습니다.

천금의 "산촌에 밤이 드니~"를 읽노라면 기댈 데 없는 외로움이 아련한 슬픔으로 번져옵니다. 홍랑의 "묏버들 갈히 것거~"는 금방이라도 임을 만날 것 같은 따뜻한 그리움이, 넘치지 않을 만큼 고여 있어 아름답기 그지없습니다. 송이의 "솔이 솔이라 ᄒᆞ여~"는 탐화봉접이라는 생태와는 상관없이 꽃의 도도한 자존심이 배어 있어 시조의 매력을 한껏 발산하고 있습니다. 이것이 왕공석사들과 향유 공간을 함께 한 조선시대 기녀작가들의 시조입니다.

《유심시조아카데미》는 생활문화와 교양으로서 국민 대중이 시조를 알고 좋아하고 즐길 수 있는 시조 입문서가 되도록 정성을 다할 것입니다. 설악 무산 스님의 유심정신 구현의 일환인 《유심시조아카데미》에 강호제현의 지도와 따뜻한 성원을 바랍니다.

2014년 2월
유심시조아카데미 원장 홍성란

유심시조아카데미 2014

제자·표지화 : 설악 무산

기녀시조 30선 감상과 이해

기녀시조, 조선시대 서정시의 백미

시가 있고, 풍류가 있고 홍랑의 순애보적 사랑과 정절이 있던 조선시대 기녀들은 오늘날 화류계 여성 이미지와는 큰 차이가 있다. 소춘풍 같이 지혜롭게 '말을 알아듣고 말하는 꽃'이라 해서 기생을 해어화解語花라고도 한다.

기생청의 교육을 받은 기녀들의 상대는 대부분 고관대작 유학자들이었기에 그들과 교유할만한 수준의 가곡, 춤, 서화에 상당한 재능과 교양을 갖춘 여성들이었다.

사대부가의 여성들은 유교적 질서 속에서 머리부터 발끝까지 긴 장옷을 둘러쓰고도 담장 밖을 함부로 나다닐 수 없었다.

그러나 기녀들은 남성들과의 교유가 허락된 만큼 분방한 삶을 살았다.

기녀시조는 사대부의 유교적 도학적 관념의
세계가 아닌 자신들의 진솔한 삶을 노래하여
지금도 우리의 심금을 울린다.
황진이는 영미 이미지스트의 작품에서도 찾기
어려운 고도의 문학성을 지녀 우리 시문학 사상
최고의 시인이라는 평가를 받아온 만큼
기녀시조는 조선시대 서정시의 백미白眉다.
이 기획에는 심재완 편저 교본
『역대시조전서』(세종문화사, 1972)와
심재완 저서 『시조의 문헌적 연구』(세종문화사, 1972),
박을수 편저 『한국시조대사전』(아세아문화사, 1992),
박을수 저서 『시조시화』(성문각, 1977)를 참고하였다.
황진이와 서경덕, 한우와 임제의 시조에 대한 영문번역은
강병천 시인께서 맡아주셨다.

2014년 1월 20일
눈 오는 大寒 아침, 홍성란

기녀작가에 대하여

　시조문학이 상대에 거슬러 올라 갈 때에는, 그 유명 작가로 보아 학자나 상류 귀족에 한정된 문학인 듯한 감이 드나 후대로 내려오면서 점차 대중화되어 전승 발전되었고 이에 따라 작가 층도 그 폭이 넓어져 갔다.

　그러나 이러한 속에서 여전히 깨뜨리지 못하는 장벽이 있었으니 성별의 구분이 그것이라 하겠다. 남녀유별 남존여비의 뿌리 깊은 윤리인습은 남성과 상종하는 기녀를 제외하고는 여류작가를 거의 찾아볼 수 없다. 모든 가집을 뒤져보아도 여류작가는 총 30명 중 28명이 기녀작가에 속하는 현상이다.

　일반 여류는 포은 정몽주의 모친과 궁녀로 2명밖에 안 된다. 그러므로 시조문학은 조선시대의 특이한 존재인 기류를 제외한 일반 여성들에게서는 전혀 그 참여를 볼 수 없는 분야의 문학이라 해도 무방한 것이다. 28명 기류 작가와 그들의 작품 67수가 전하고 있으니, 이는 작가 수로 보아 왕실작가 18명을 훨씬 능가하고 있음을 알 수 있다.

　물론 현전 작가만을 가지고 그 과다를 논하고 비교함은 속단이 될는지 모르나 현전 자료를 토대로 한 경향이 이와 같을진대 설사 더 많은 자료가 나온다 하더라도 이러한 비율의 범주를 못 넘으리라 생각한다.

여류작가의 불모지에서 유독 기류 작가가 배출된 배경과 사연
은 어떠하였던가. 우리나라 기녀의 기원이 신라의 원화源花에서 생
겼다고도 하며 고려태조 왕건의 백제 유민 수척족水尺族을 노비로
예속시키고 그 중 용모 미려한 자를 모아 가무를 익혀 예인으로
살게 한 데서 기원했다고도 한다. 다산 정약용의 『아언각비』에 있
듯이, 이의민이 유랑여아를 모아 양수척楊水尺의 기적妓籍을 만들
어 이것이 기생의 시초가 되었다는 설이나, 『성호사설』의 창기희
설娼妓戲說은 고려 때의 이야기요, 이태조의 천도 때에 궁기宮妓가
따랐다는 이야기는 기생의 오랜 역사를 말하여 준다. 이조의 기녀
는 유랑 가무 외에 의술, 장사위안, 사신 접객의 접대 같은 중요한
임무를 맡아 왔었다. 그러기에 기생청까지 마련되어 이들의 관장
을 맡아왔던 것이다.

　이와 같은 기류 중에 그 재예가 탁월하고 경국의 미색이 있었을
지라도 그들은 여전히 남성의 부속물이요 천기란 관념은 저버릴
수 없었던 것이다. 아무리 훌륭한 작품도 그들의 신분은 어찌할
수 없었던 것이다.

　(심재완, 『시조의 문헌적 연구』, 세종문화사, 1972. 272~273면)

황진이黃眞伊

어져 내 일이야 그릴 줄을 모로ᄃ냐
이시라 ᄒ더면 가랴마ᄂ 제 구틔야
보내고 그리ᄂ 정情은 나도 몰라 ᄒ노라

아아 내 하는 일이여 그리울 줄 몰랐던가
있으라 했다면 가랴마는 제 구태여
보내고 그리는 정은 나도 몰라 하노라

Alas, my foolishness
Never realize, missing you so much.
Begging you, might not be away daringly
Now after your leaving I wonder,
reasons of my loving you again.

해설 진이가 기생이 되기 전에 이웃집 총각 홍윤보의 죽음을 슬퍼하며 부른 노래다. 떠꺼머리총각은 진이를 사모하였으나 말 한 번 건네지 못하고 상사병에 죽고 말았으니, 그의 상여가 진이 집 앞을 지날 때 멈추어 꿈쩍도 하지 않았단다. 진이가 나와 말 잔등 위에 속적삼과 꽃신을 얹어주니 그제야 말이 뚜벅뚜벅 지나갔다는 전설 같은 이야기가 아리다. 그 때의 회한을 진이는 이렇게 노래한 뒤에 서둘러 기생이 되었다고(『숭양기구전』).

청산리靑山裏 벽계수碧溪水ㅣ야 수이 감을 쟈랑 마라
일도一到 창해滄海ᄒ면 도라 오기 어려오니
명월明月이 만공산滿空山ᄒ니 수여 간들 엇더리

청산리 벽계수야 쉬이 감을 자랑 마라
일도 창해하면 돌아오기 어려우니
명월이 만공산하니 쉬어 간들 어떠리

Yon, blue mountain silver stream.
Don't be proud of your speedy flow.
Once you reach the vast sea
You'll never be back again.
Lo, the moon is full
and you wish to go away heartlessly

해설 황진이는 중종 때 개성의 이름난 기생. 진사의 딸로 태어나 뛰어난 재주와 용모로 문인 석학들을 매료시켰다. 종실의 벽계수란 이가 있어 한 번 보고자 하나, 풍류명사가 아니면 사귈 수 없다한 진이. 그래 벽계수는 손곡蓀谷 이달李達에게 진이를 보고자 청하여 한 수 가르침을 받았다. 소동小童에게 거문고를 끼고 뒤따르게 하고, 작은 나귀를 타고 진이 집 앞을 지나 누각에 올라 술 마시며 탄주하면, 진이가 올 것이나 본체만체 하고 가라는 것. 진이가 나타나도 취적교를 지나도록 돌아보지 말아야 할 것.

이런 가르침을 받았으나 진이가 나와 "청산리 벽계수여. 쉬이 흘러감을 자랑 마소. 한 번 흘러 바다에 이르면 다시 돌아올 수 없다오. 빈산에 밝은 달 이토록 환한데 어이 그냥 가시렵니까." 푸른 시내를 가리키는 벽계수는 종신 벽계수의 이름이고 명월은 진이의 기명이다.

청아한 진이의 노랫소리에 취적교에 이른 벽계수는 그만 진이를 돌아보다가 나귀 등에서 떨어지고 말았으니, 벽계수는 명사가 아니고 한낱 풍류랑에 지나지 않는다며 진이는 뒤도 안 돌아보고 갔다는데(『금계필담』).

동지冬至ㅅ둘 기나긴 밤을 한 허리를 버혀 내여
춘풍春風 니불 아레 서리서리 너헛다가
어론님 오신 날 밤이여든 구뷔구뷔 펴리라

동짓달 기나긴 밤을 한 허리를 베어 내어
춘풍 이불 아래 서리서리 넣었다가
어른님 오신 날 밤이면 굽이굽이 펴리라

Cutting a loin of those
long-long December nights
Stuffing in the quilt of spring wind
When the night my beloved come,
Will spread round and round.

16

해설 진이가 당대의 명창 이사종을 만난 것은 스물일곱 살 때. 서화담이 생전에 거처하던 초당을 찾아보고 돌아오던 길에 마침 박연폭포와 송악산을 구경하고 오던 이사종을 만났겠다. 황진이와 이사종의 애정 편력을 보여주는 글이 『어우야담』에 보인다. 진이가 이사종 집에서 3년, 자기 집에서 3년 도합 6년간의 애정생활을 마치고 깨끗이 이별했다는 기록으로 보아 현대판 계약결혼 아닌가(박을수, 『시조시화』, 성문각, 1977). 이사종과 헤어진 뒤 그를 그리며 낭창낭창 이 노래를 불렀으니, 애끊는 바는 없으나 황진이 시조미학의 최대치라 하겠다.

내 언제 무신無信하여 님을 언제 소겻관딕
월침月沈 삼경三更에 온 뜻이 전혀 업닉
추풍秋風에 지는 닙 소릭야 낸들 어이 하리오

내 언제 신의 없어 임을 언제 속였기에
달도 기운 한밤중에 온 뜻이 전혀 없네
추풍에 지는 잎 소리야 낸들 어이 하리오

Never deceiving you by no means
nor trying to do by breaching good faith.
Never intending to visit you at this midnight
but what could you expect I can do helplessly
hearing the sounds of falling leaves
drifted by the autumn winds.

해설 허균의 『성옹지소록』을 참고하면 진이는 한평생 서화담의 사람됨을 사모하였다. 늘 거문고를 가지고 화담이 사는 초당에서 즐기다 가곤 했다. 화담과 함께 지내기 여러 해가 되었어도 끝내 어지러운 지경에 이르지 않았으니, 진이가 화담에게 아뢰었다. 송도에는 삼절이 있으니 박연폭포와 서화담과 진이 자신이라고. 진이의 이 말도 일리가 있다. 송도는 산수 울창하고 맑은 물 흐르기에 인재를 많이 배출했고, 또 화담의 이학이 있을 수 있었던 것. 허균은 당대 최고 명필 한석봉의 필법에 진이의 재예를 견주었다. 이 노래는 늘 오던 시간에 오지 않는 진이를 기다리다, 기다리다 지쳐 화담이 부른 시조에 대한 화답가.

무 음이 어린 후後ㅣ니 ㅎㄴ 일이 다 어리다
만중萬重 운산雲山에 어ᄂ 님 오리마ᄂ
지ᄂ 닙 부ᄂ ᄇ람에 힝여 귄가 ㅎ노라

마음이 어리석으니 하는 일이 다 어리석다
구름 겹겹 깊은 산에 어느 임이 오리만은
지는 잎 부는 바람에 행여 그인가 하노라

Alas, so silly I've done all these things
as my mind is foolish enough.
Hardy expect anyone come to me
in this deepest mountain across the clouds.
Happen to see you haphazardly hearing after
the sounds of falling leaves and blowing winds.

해설 문밖에 당도한 진이가 화담의 노래를 듣고 나서 "제가 언제 신의 없이 임을 언제 속였나요. 달도 기운 깊은 밤에 이렇게 온 마음 모르고서. 가을바람에 지는 잎 소리야 제가 어이 하겠습니까." 하고 노래했다. 두 노래가 한자리에서 애틋하다.

산山은 녯 산이로되 물은 녯 물 아니로다
주야晝夜에 흐르거든 녯 물이 이실소냐
인걸人傑도 물과 ㅈ도다 가고 아니 오는쏘다

산은 옛 산이로되 물은 옛 물이 아니로다
주야에 흐르거늘 옛 물이 있을소냐
인걸도 물과 같도다 가오 아니 오는도다

Yon, blue mountains are the same as before
however, the river flows are not the same as before.
Day and night the rivers flow on and on
but there's no river of the same as those old days.
Never mind disappearing heroes like the river flows
as they come and go and finally never returns.

해설 그러니까 황진이도 한 때 서화담의 문하생. 글 배우고 화답하며
스승에 대한 사모의 정도 깊어졌으리. 화담 사후에 물과 같이 흘러가
버리는 덧없는 인생을 이토록 쓸쓸히 노래했다.

청산靑山은 내 쯧이오 녹수綠水는 님의 정情이
녹수 흘너간들 청산이야 변變홀손가
녹수도 청산을 못 니져 우러 예어 가는고

청산은 내 뜻이오 녹수는 임의 정이
녹수 흘러간들 청산이야 변할손가
녹수도 청산을 못 잊어 울어 예어 가는가

The blue mountain will be my wish
so as to the green river will be the wish of my beloved
Never the blue mountain happens to be changed
although the green river flows away.
With tears endlessly, the green rivers flow away
as she could never forget the blue mountain.

해설 청산은 변하지 않는 진이 마음, 흘러가는 녹수는 변심하는 임의 비유. 생불 지족선사를 파계시킨 뒤의 노래다. "내 마음은 청산과 같으나 임의 정은 흐르는 물 같도다. 임의 마음 변한다 해도 내 뜻은 변하지 않으리. 임도 나를 못 잊어 울며, 울며 가시는가."

「녹수는 임의 정」이라는 글에서 유주현은 진이의 심경을 묘사했다. 진이는 하산하는 길에 만난 여승에게 참패했다며 쓸쓸히 웃고 가더라는 말을 지족선사에게 전해달라고 했단다. 청정하고 평안한 지족선사를 보고 진이는 불신분심이라 했다(『시조시화』). 진이의 속내는 무엇이었을까. 쓸쓸하다, 쓸쓸하다.

청초靑草 우거진 골에 자는다 누엇는다
홍안紅顏을 어듸 두고 백골白骨만 무쳣는이
잔盞자바 권勸ᄒ리 업스니 그를 슬허 ᄒ노라

푸른 풀 우거진 골에 자느냐 누웠느냐
고운 얼굴 어디 두고 백골만 묻혔느냐
잔 잡아 권할 이 없으니 그를 슬퍼하노라

Doubt whether you are asleep
or lie back on the thick green grass.
Nowhere could I find your lovely face
but only white bones buried.
Alas, it makes me so sad
as I hardly find one sharing a glass of wine.

해설 호방한 기질과 풍류로 많은 일화를 남긴 임제는 면앙정 송순의 잔치에서 만난 진이를 평안도사로 부임해 가는 길에 송도를 지나면서 찾았다. 그러나 진이는 이미 세상을 뜨고 없었다. 장단에 있는 진이의 무덤을 찾아가 술을 따르고 노래를 부른 일로 임제는 양반의 체통을 떨어뜨렸다고 임지에 토착하기 전 파직 당했다.

한우寒雨

어이 얼어 잘이 므스 일 얼어 잘이
원앙침鴛鴦枕 비취금翡翠衾을 어듸 두고 얼어 자리
오늘은 춘비 맛자신이 녹아 잘까 ᄒ노라

어이 얼어 자리 무슨 일로 얼어 자리
원앙침 비취금을 어디 두고 얼어 자리
오늘은 찬비 맞았으니 녹아 잘까 하노라

Why, you insist on the sleeping in chilling
there's no reason of insisting on the sleeping in chilling.
What for the lovebirds pillow and the jade guilt
and still left when sleeping in chilling.
Oh, wish I could have a warm night
as I've been with cold rain all day.

해설 찬비는 한우 자신을 빗댄 것. 한우의 이 노래가 있기 전에 임제의 「한우가寒雨歌」가 있었다. 방비 없이 중앙 정계에 나아가 눈 맞고 찬비 맞은 신세가 되었으니 얼어 자겠다는 노래를 한우 앞에서 한 것. 오늘 밤 운우지정을 나눔이 어떠냐 슬쩍 떠보는 것 아닌가.

북천北天이 묽다커를 우장 업시 길을 나니
산의는 눈이 오고 들에는 챤비 온다
오늘은 챤비 마즈시니 얼어 줄가 ㅎ노라

북천이 맑다하거늘 비옷 없이 길을 나서니
산에는 눈이 오고 들에는 찬비 온다
오늘은 찬비 맞았으니 얼어 잘까 하노라

I'm on my way with no raincoats
as I've been told the northern sky will be clear.
However there are snowfalls on the mountains
and cold rain stays in the plain.
What else I could do but sleeping in frozen
as I've been shivering with chilled rain all day.

해설 깜짝 놀란 듯, 찬비 맞았는데 왜 얼어 자냐는 한우. 원앙이며 물총새 화려하게 수놓은 잠자리를 두고 왜 얼어 자냐는 것. 오늘은 내가 임을 맞을 것이니 따뜻이 녹아 자자한다. 이렇게 화락하며 솔직한 속내를 보인 두 사람이 왜 당대 최고의 로맨티스트 아니랴.

임제(1549~1587)는 선조 때 등제하였으나 벼슬은 예조정랑에 머물렀다. 당파를 꺼린 탓에 변변한 벼슬에 오르지 못한 풍류객. 기인奇人이라 불리며 유랑생활을 했으나 율곡과 허균 등은 그의 기기奇氣와 문재文才를 알아주었다. 미인박명이라던가, 39세로 요절했다.

송이松伊

솔이 솔이라 ᄒᆞ여 무슴 솔만 너겨더니
천심千尋 절벽絕壁에 낙락장송落落長松 늬 긔로다
길 아릭 초동樵童의 졉낫시야 걸어 볼 줄 이시랴

솔이 솔이라 하니 무슨 솔로만 여겼느냐
천길 절벽에 낙락장송 내 그로다
길 아래 나무꾼 작은 낫이야 걸어볼 수 있으랴

해설 기녀시조 가운데 이만큼 도도한 성품을 드러낸 작품도 없다. 사람들 입에 자주 오르내리던 송이는 무엇으로 인기가 좋았을까. 미모가 빼어났을까, 시서화에 능했던 걸까. 아니면 노래를 잘 불렀던 걸까. 송이 노래가 가람본 『청구영언』이나 『병와가곡집』에 6수나 전하는 걸 보면 노래를 잘 한 것임에는 틀림없다.

솔이, 솔이 하고 사람들이 쉽게 불러대니 내가 그렇게 만만한 줄 알았느냐는 것이다. 천 길 낭떠러지 위에 곧게 벋은 큰 소나무가 나, 송이니 주제를 모르고 함부로 덤비지 말라는 것.

오동梧桐에 우적雨滴ᄒ니 순금舜琴을 이여ᄂ듯
죽엽竹葉에 풍동風動ᄒ니 초한楚漢이 셧도ᄂ듯
금준金樽에 월광명月光明ᄒ니 이백李白본듯 ᄒ여라

오동에 비 떨어지니 오현금을 타는 듯
댓잎에 바람 부니 초한이 섞여 다투는 듯
금잔에 달빛 밝으니 이백을 본 듯 하여라

해설 오동잎에 빗방울 지는 소리가 오현금을 타는 듯 하다니. 센바람이
댓잎에 불어와 서걱이니 초나라 한나라 병사들이 섞여 다투는 듯 하
다니. 비유도 좋고 상상도 좋다. 초장과 중장의 생동하는 이미지를
종장에서 동산월출로 다스리고 있다. 금잔에 달빛이 밝으니 이백이라
도 와줄 것만 같다는 것. 송이 앞에 앉은 이는 절로 이백이 되는구나.

은하銀河에 물이 지니 오작교烏鵲橋ㅣ 쓰단말가
쇼 잇근 선랑仙郞이 못 건너 오단말가
직녀織女의 촌寸만흔 간장肝腸이 봄눈 스듯 ᄒ여라

은하에 물 많아지니 오작교 뜬단 말인가
소 이끈 선랑이 못 건너온단 말인가
직녀의 작은 간장이 봄눈 스러지듯 하여라

해설 칠월칠석. 견우와 직녀가 만나려 이날만을 기다려왔는데 물이 불
다니. 까치들이 머리가 벗겨지도록 놓아준 오작교를 물이 불어 견우
는 건널 수 없다네. 애간장 타는 직녀의 마음을 송이는 왜 노래했을까.
애간장 태우며 송이도 누굴 기다린 걸까.

이리 ᄒᆞ여 늘 소기고 져리 ᄒᆞ여 날 소기니
원수怨讐이 님을 발셔 니졈즉 ᄒᆞ다마ᄂᆞᆫ
원쉬야 원수ㅣ일시올토다 닛칠적이 업세라

이리하여 날 속이고 저리하여 날 속이니
원수 같은 임을 벌써 잊음직 하다마는
원수야 원수가 옳도다 잊힌 적이 없어라

해설 속고 속기를 얼마나 했으면 야속하기를 넘어 원수라니. 원수 같다
면야 마음에서 팽개치면 그만인데 한 날도 잊힌 적 없으니 이건 정말
무슨 원수인가. 아니, 원수는 야속한 임이 아니라 못 잊는 내 마음
아니냐.

옥玉ᄀ튼 한궁녀漢宮女도 호지胡地예 진토塵土되고
해어화解語花 양귀비陽貴妃도 역로驛路에 뭇쳣ᄂᆞᆫ니
각씨閣氏내 일시화용一時花容을 앗겨 무슴 ᄒᆞ리오

옥 같은 한나라 궁녀도 오랑캐 땅 한줌 흙이 되고
해어화 양귀비도 마외역에서 죽었으니
각씨네 잠시 꽃 같은 얼굴을 아껴 무엇 하리오

해설 　한나라 원제 때 궁녀 왕소군은 절세의 미녀였다. 왕을 한 번도 모시지 못한 채 그녀는 흉노족의 첩이 되었다가 흉노 땅에서 죽었다. 당나라 현종의 말하는 꽃 양귀비도 마외역에서 죽었다. 중국 고사를 들어가며 인생무상을 노래하고 있으니, 여기에서 사는 동안 사랑하자는 노래 아닌가.
　송이의 시조가 6수라는 이도 있고 9수라는 이도 있다. 물론 작가가 다른 이로 나온 혼기混記 현상이 송이의 경우만은 아니다. 김천택과 같은 가객이 노래책을 엮었기에 그나마 우리는 누가 무슨 노래를 불렀는지 알 수 있다. 고시조는 오랜 세월을 지나오며 작가명이 유실되어 무명씨 실명씨가 된 경우가 많다. 지은이가 없이 어떻게 작품이 나오나. 좋은 노래는 여기저기서 불리다가 나중에는 누가 지었는지도 모르고 좋아 서로들 부르게 된다. 누가 지었는지 모르지만 좋아서 채록했으니 오늘날 무명씨나 실명씨로 전해지는 것이다.

닭아 우지말아 닐우노라 즈랑말아
반야半夜 진관秦關에 맹상군孟嘗君 안니로라
오늘은 님 오신 늘이니 안니 운들 엇더리

닭아 울지 말아 일찍 운다고 자랑 말아
한밤중 진나라 관에 맹상군 아니로다
오늘은 임 오신 날이니 아니 운들 어떠리

해설 꼭두새벽에 일어나 운다고 닭아, 자랑 마란다. 한밤중에 새벽이 온
줄 알고 울어야 하는 상황이 아니라는 것. 어떤 상황인가. 오랜만에
임이 오신 날이니 새벽이 오지 않으면 좋을 밤이다.

제나라의 현인 맹상군이 진나라에서 붙잡혀 죽을 위기에 처했다.
도망치다가 국경 가까운 함곡관에 당도하니 성문이 닫혀 있었다. 그
때 제나라에서 돌보던 맹상군의 식객 중 한 사람이 닭울음소리를 내
었다. 수문장은 날이 샌 줄 알고 성문을 활짝 열었다. 재물을 풀어
집안에 식객들을 수없이 불러 모아 돌보며 덕을 많이 쌓은 맹상군은
제나라에서 돌보던 식객들의 도움으로 사지에서 도망쳐 목숨을 구할
수 있었다는 고사를 배경으로 한 노래다.

홍랑洪娘

묏버들 갈히 것거 보내노라 님의 손딕
자시는 창窓밧긔 심거두고 보쇼셔
밤비예 새닙곳 나거든 날인가도 너기쇼셔

산버들 가려 꺾어 보내노라 임의 손에
주무시는 창밖에 심어두고 보소서
밤비에 새 잎이 나거든 나인가도 여기소서

해설 산길의 좋은 버들 한 가지 가려 꺾어 임의 손에 보내고 싶단다. 임 주무시는 창 밖에 심어두고 보시라고. 밤비에 새잎이 나오면 날 보듯 하시라고. 이별한 임에게 버들가지를 보내는 것은 이듬해 봄 가장 먼저 잎이 나오듯 빨리 다시 만나자는 마음이 담겨 있다.

고죽 최경창(1539~1583)이 북해평사로 경성에 가 있을 때 교유한 홍랑이 임무를 다 하고 떠난 고죽에게 지어 보낸 시조다. 병중이라는 소식에 홍랑은 2천 리 먼 길을 밤낮으로 걸어가 그의 곁을 지켰는데 이 때문에 고죽은 파직되었다. 고죽이 죽어 파주에 묻히자 홍랑은 초막을 짓고 9년 간 시묘살이 하다 그의 곁에 묻혔다. 파주 교하면 청석리, 고죽과 홍랑의 봉분 옆에 두 사람의 시비가 있다는데 꼭 한 번 가보고 싶다. 홍랑의 무덤가에 제비꽃은 피었는지 찬찬히 돌아보며 맑은 술 한잔 올리고 싶다.

헤어진 뒤의 사랑과 그리움의 정한을 이토록 은근하고 유려하게 전한 홍랑 시조의 멋을 초정은 황진이의 "동짓달~ " 보다 높이 평가했다. "간을 저미도록 아픈 그의 심회를 이 한 수의 시조에 족히 담을 수 있었던 것은 무슨 힘인가. 그것은 그 개인으로서의 천품天稟인 동시에 또한 한국 여인으로서의 천품이기도 하다. 요즘 유행하는 저급한 서구식 연애감정과는 아예 그 차원이 다르지 않은가(김상옥, 「멋의 주형鑄型」, 『한국시조선집』, 한국시조작가협회, 1967)."

매화梅花

매화梅花 녯 등걸에 봄졀이 도라 오니
녯 퓌던 가지柯枝에 픠염즉도 ㅎ다마ᄂᆞᆫ
춘설春雪이 난분분亂紛紛ㅎ니 필동말동 ㅎ여라

매화 묵은 가지에 봄이 돌아오니
옛 피던 가지에 필만도 하다마는
춘설이 난분분하니 필동말동 하여라

해설 매화는 영조 때 평양기생. 매화 꽃피던 가지에 봄이 돌아오니 꽃
이 다시 필 것도 같은데 봄눈이 어지럽게 흩날리니 필지말지 모르겠
단다.
  매화꽃과 지은이 매화 자신의 이름을 중의적으로 썼다. 봄눈이 어
지럽게 와 추우니 꽃봉오리가 눈을 뜰 수 있을지 모르겠다는 말도
된다. 한편으로는 늙은 매화가 꽃다운 시절을 회상해 보지만 춘설이
라는 젊은 여인이 연적으로 나타나 훼방을 놓으니 임을 다시 만날
수 있을지 모르겠다고 푸념하는 노래일 수 있다. 아무래도 후자 쪽으
로 봄이 긴장감 있어 재밌다.

죽어셔 이져야 ㅎ랴 사라셔 그려야 ㅎ랴
죽어 잇기도 어렵고 사라 그리기도 어려도다
져님아 흔 말만 ㅎ소라 사싱결단 ㅎ리라

죽어서 잊어야 하랴 살아서 그리워해야 하랴
죽어 잊기도 어렵고 살아 그리기도 어렵도다
임이여 한 말만 하소서 사생결단 하리다

해설 『대동풍아』(작품번호 131)에 계이삭대엽界二數大葉으로 부른 매화
의 작품으로 명시되어 있다(심재완 편저, 『교본 역대시조전서』 작품
번호 2652).

　살아서 임을 그리워해야 할까, 죽어서 임을 잊어야 할까. 잊자고
죽자함도 어렵고, 살면서 그리워함도 어려워. 임에게 날 잊은 건 아니
냐고, 한 말만 하라고 다그친다. 사생결단 내리겠단다. 도대체 어떤
임이기에 생사여탈권을 쥐고 있단 말인가. 좀 섬뜩하기도 하다만, 매
화의 넋을 송두리째 빼앗은 이 사람은 누구일까.

천금千錦

산촌山村에 밤이 드니 먼듸 기 즈져 온다
시비柴扉를 열고 보니 하늘이 추고 달이로다
져 기야 공산空山 잠든 달을 즈져 무슴 ᄒ리오

산촌에 밤이 드니 먼 데 개 짖어 온다
사립문 열고 보니 하늘이 차고 달이로다
저 개야 빈 산 잠든 달을 짖어 무엇 하리오

해설 천금을 생각한다. 비단결 같이 아름다운 여자. 산마을에 사는 여자.
밤들어 먼 데 개 짖는 소리 들려온다. 행여 먼 데 그 사람 돌아오는가.
사립문 열고 나서보니 날은 차고 천공의 달만 높아 으스스 움츠리고
돌아드는 여자. 달보고 기뻐 짖어대는 개가 일없이 야속한 여자.

명옥明玉

꿈에 뵈는 님이 신의信義업다 ᄒ 것마ᄂᆞᆫ
탐탐貪貪이 그리올졔 쑴 아니면 어이 보리
져 님아 쑴이라 말고 ᄌᆞ로ᄌᆞ로 뵈시쇼

꿈에 보이는 임이 신의 없다 하건마는
간절히 그리울 때 꿈 아니면 어이 보리
임이여 꿈이라 말고 자주자주 보이소서.

해설 간절히 그리워도 만날 수 없는 임이니 꿈에라도 자주 나타나라는
것. 슬프다고 해야 할까, 가엾다고 해야 할까. 이 노래는 혼자 부르는
노래일 수도 있지만 향유 현장에서 '저 임아'라고 부를 만한 남정네
들으라고 하는 노래일 수도 있다. 그쯤 되면 판에 흥이 좀 올라 만나
지 못해 애태우던 마음들이 그러마고, 꿈에라도 만나자고 한바탕 웃
음이 나올 수도 있겠다. 육당본 『청구영언』에 우이삭대엽羽二數大葉이
라는 악곡 표지가 그 분위기를 뒷받침한다. 우조의 악상樂想은 남성적
이고 영웅적이며 꿋꿋하고 호탕한 느낌을 준다. 이삭대엽에 우조를
얹었으니 슬프거나 가여운 정서는 벗고 담담하고 온화하되 높은 조로
노래했을 것.

강강월康江月

기러기 우는 밤에 닉 홀노 좀이업셔
잔등殘燈 도도 혀고 전전불매輾轉不寐 ᄒᆞᄂᆞᆫ 츠에
창窓밧긔 굵은 비 소릭에 더욱 망연茫然 ᄒᆞ여라

기러기 우는 밤에 내 홀로 잠이 없어
희미한 등불 돋우어 켜고 잠 못 이뤄 뒤척일 때
창밖의 굵은 비 소리에 더욱 아득하여라

해설 멀리 기러기 울어 예는 가을이라 깊은 밤. 그무러지는 등불 돋우어
켜고 전전반측輾轉反側 전전불매, 누운 채 이리 뒤척 저리 뒤척 무슨
생각에 잠 못 이루나. 창밖에 듣는 굵은 비 소리에 더욱 아득하다니
오마고 오지 않는, 강강월 너도 임 생각이냐.

시시時時 생각生覺ᄒ니 눈물이 몃 줄기요
북천北天 상안霜雁이 언의쎠여 도라올고
두어라 연분緣分이 미진未盡ᄒ면 다시 볼가 ᄒ노라

때때로 생각하니 눈물이 몇 줄기요
북천 서리 기러기 어느 때에 돌아올까
두어라 연분이 남았다면 다시 볼까 하노라

해설 생각하면 눈물이다. 서리 내려 북쪽으로 떠난 기러기 마냥 떠난
임은 어느 때 돌아올까. 생각하면 눈물인데 그 연분 다하지 않았다면
다시 돌아오겠지. 강강월의 이 노래는 기녀들의 심정을 대변하는 것.
꽃이 나비를 찾을 수 없듯이 찾아오는 나비를 언제까지나 기다려야
하는 것이 조선 해어화의 삶이다.

천리千里에 맛나ᄯ가 천리에 이별離別ᄒ니
천리 꿈속에 천리님 보거고나
쑴씨야 다시금 생각生覺ᄒ니 눈물계워 ᄒ노라

천 리에 만났다가 천 리에 이별하니
천 리 꿈속에 천 리 임을 보았도다
꿈 깨어 다시금 생각하니 눈물겨워 하노라

해설 천 리가 네 번이나 반복되고 있다. 물리적 거리도 되겠으나 만날
수 없다는 심정적 거리이기도 하겠다. 천 리 먼 데서 만났다가 헤어져
돌아오니 마치 천 리 먼 임을 꿈엔 듯 만난 것 같아. 꿈 깨어 생각하니
다만 눈물뿐이네. 그러고 보니 강강월은 모두 임의 부재를 노래하고
있다. 재색才色이 따라주지 못한 걸까. 아! 가고 없는 임을 그리는 여인
의 속마음이여.

소춘풍笑春風

당우唐虞를 어제 본듯 한당송漢唐宋 오늘 본듯
통고금通古今 달사리達事理ᄒ는 명철사明哲士를 엇덧타고
저 설씌 역력歷歷히 모르는 무부武夫를 어이 조츠리

당우를 어제 본 듯 한당송 오늘 본 듯
통고금 달사리 하는 명철사를 어떻다고
저 설 데 역력히 모르는 무부를 어이 좇으리

해설 덕으로 백성을 다스리던 요순시대 같고 경학이 융성하던 한당송
시절 같아, 옛날과 오늘날의 일을 두루 알고 사리에 밝은 명석한 선
비들이 어떻다고 제 처지도 모르는 무관들을 어이 따르겠냐고, 성종
임금이 베푸는 주연에서 소춘풍이 문관들 앞에 나아가 술을 따르며
부른 노래다. 이쯤 되면 무관들이 붉으락푸르락 했겠다. 그러자 이번
에는 소춘풍이 무관들 앞에 나아가 술을 따르며 노래했다.

전언前言은 희지이戱之耳라 닉 말슴 허물마오
문무文武 일체一體인줄 나도 잠간暫間 아옵거니
두어라 규규무부赳赳武夫를 아니 좃고 어이라

전언은 희지이라 내 말씀 허물 마오
문무 일체인 줄 나도 잠깐 아옵거니
두어라 규규무부를 아니 좇고 어이리

해설 앞에 한 말씀은 웃자는 말이니 허물 마오. 문관과 무관이 하나임을
내가 왜 모르겠습니까. 어떻게 용맹스런 무관을 따르지 않으리. 이렇
게 문관과 무관을 한자리에서 희롱해 놓고 소춘풍은 그들 틈에서 눈
치 보는 게 서러웠던지 제 처지를 비유한 노래를 불렀다.

제齊도 대국大國이오 초楚도 역대국亦大國이라
됴고만 등국滕國이 간어제초間於齊楚 ᄒ여시니
두어라 하사비군何事非君가 사제사초事齊事楚 ᄒ리라

제나라도 대국이요 초나라도 역시 대국이라
조그만 등국이 제와 초 사이에 끼었으니
두어라 이 다 좋으니 제도 초도 섬기리라

해설 제나라도 대국이고 초나라도 대국인데 그 사이 조그만 등국이 끼어 있으니 어쩌겠나. 제나라도 초나라도 좋으니 모두 섬기겠다고 자신을 간어제초, 등국에 비유하며 문무를 떡 주무르듯 희롱한 것 아닌가. 어쨌거나 소춘풍은 이런 기지를 발휘하여 주연의 분위기를 화락하게 만들었다. 성종은 총명한 이 여인에게 비단과 호랑이 털가죽을 상으로 내렸다.

송대춘松臺春

님이 가신 후後에 소식消息이 돈절頓絕ᄒ니
창窓밧긔 앵도櫻桃가 몇 번이나 픠엿는고
밤마다 등하燈下에 홀노 안저 눈물 계워 ᄒ노라

임이 가신 뒤에 소식 아주 끊기니
창밖의 앵화 도화가 몇 번이나 피었는가
밤마다 등불 아래 홀로 앉아 눈물겨워 하노라

해설 앵두꽃 복숭아꽃이 몇 번이나 피었다 지도록 임은 소식 한 자 없네
어쩌겠나. 몹쓸 임이라고 그리며 눈물지을 밖에. 사대부가의 규방여
인들이라고 다를까마는 찾아 갈 수도 없고 오라고 다그칠 수도 없는
여리디 여린 여심 아닌가. 송대춘의 노래가 2수 전하는데 모두 꽃이
들어 있다. 꽃이나 좋아하는 사람이 어디 모진 마음 가질 수 있겠나.

한양漢陽셔 쩌온 나뷔 백화총百花叢에 들거고나
은하월銀河月에 좀간 쉬여 송대松臺에 올나 안져
잇다감 매화춘색梅花春色에 흥興을 계워 ㅎ노라

한양에서 떠 온 나비 꽃동산에 들었구나
은하수 달에 잠깐 쉬어 누대에 올라 앉아
이따금 매화의 봄기운에 흥에 겨워 하노라

해설 🖊 탐화봉접探花蜂蝶. 벌 나비가 꽃을 찾듯 한양에서 날아온 선비가 기
녀들 모인 꽃동산에 들었으니 누대에 올라 매화꽃 핀 봄날 흥겨운
한 때를 보내나 보다. 기녀들은 양반 사대부 식자층과 교유하니 사대
부 문화권 변방 사람들로 시서화詩書畵에 능한 교양인이기도 했다. 그
래 한문어투가 자주 나온다.

계섬桂蟾

청춘은 언제 가면 백발은 언제 온고
오고 가는 길을 아던들 막을낫다
알고도 못 막을 길히니 그를 슬허 ㅎ노라

청춘은 언제 가며 백발은 언제 오는고
오고 가는 길을 안다한들 막을 수 있나
알고도 못 막을 길이니 그를 슬퍼 하노라

해설 계섬이 부른 탄로가다. 그 누가 청춘이 언제 가는지 알고 백발이
언제 쳐들어오는지 알 수 있나. 어느 날 보니 주름이 늘어 있고 어느
날 보니 흰 머리카락이 한둘 아니다. 청춘이며 백발이 오감을 정말
안다한들 어찌 막을 수 있으리. 그저 인생은 슬픈 거라고 노래하는
계섬! 한 번 뿐인 인생이잖아. 힘껏 살아 봐야지. 계섬, 멋지게 늙어
가면 어때? 해가 갈수록 당당하고 화려하게!

계단桂丹

청조ㅣ야 오도고야 반갑다 님의 소식消息
약수弱水 삼천리三千里을 네 어이 건너온다
우리님 만단정회萬端情懷을 네 다 알까 호노라

청조가 오는구나 반갑다 님의 소식
약수 삼천리를 네 어이 건너오느냐
우리 임 만단정회를 네 다 알까 하노라

해설 ✏️ 청조는 편지를 가리킨다. 약수 삼천리는 선경仙境에 있다는 물인데
끝없이 멀어 신선이 아니면 건너지 못한다. 반가운 임의 소식을 담은
편지가 머나먼 길을 돌고 돌아 왔다. 어찌 그 머나먼 길을 건너 내게
왔을까. 이 두루마리 편지에 우리 임의 온갖 정과 회포가 담겨 있으니
편지는 우리 임 만단정회를 다 알고 있겠다는 말이다.

진옥眞玉

철鐵을 철鐵이라커든 무쇠 석철錫鐵만 여겻더니
다시 보니 정철鄭澈일시 적실的實ᄒ다
맛춤의 골풀모 잇더니 녹여볼가 ᄒ노라

철을 철이라 하거늘 잡것 섞인 철로만 여겼더니
다시 보니 정철일시 틀림없다
맞추어 골풀무 있으니 녹여볼까 하노라

해설 이 노래는 『병와가곡집』과 『근화악부』에 만횡청蔓橫淸으로 불린
진옥의 노래라고 명기되어 있다.

옥玉을 옥玉이라커든 형산백옥荊山白玉만 여겼더니
다시 보니 자옥紫玉일시 적실的實ᄒ다
맛츰이 활비비 잇더니 ᄶᅮ려 볼가 ᄒ노라

옥을 옥이라하거늘 흔한 백옥으로 여겼더니
다시 보니 자옥일시 틀림없다
맞추어 활비비 있으니 뚫어볼까 하노라

해설 진옥의 노래가 있기 전에 정철(1536~1593)의 이 노래가 있었다. 『근화악부』에 '정송강여기진옥관주답鄭松江與妓眞玉官酒答 만횡청蔓橫淸 정송강鄭松江'이라는 기록이 있다.

　　사람들이 하도 옥이라 옥이라 하여 형산에 가면 흔히 보는 백옥쯤으로 여겼는데, 다시 자세히 보니 귀한 자옥이 틀림없다. 송강 자신에게 맞추어 활비비라는 송곳이 있으니 자옥을 뚫어보겠다는 것. 그러자 진옥이 골풀모로 녹여보겠다 화답했다. 활비비는 남성 상징어요, 골풀모는 여성 상징어. 이런 수작시조酬酌時調를 어찌 맨 정신으로 나누었으리. 평시조 형식이지만 주연에서 취흥이 한창 무르익었을 때 만횡청이라는 흥청거리며 부르는 악곡에 얹어 불렀다.

매창梅窓

이화우梨花雨 헌날닐졔 울며 잡고 이별離別흔 님
추풍낙엽秋風落葉에 저도 날을 싱각는가
천리千里에 외로운 쑴만 오락가락 흐더라

이화우 흩날릴 때 울며 잡고 이별한 임
추풍낙엽에 저도 나를 생각하는가
천리에 외로운 꿈만 오락가락 하더라

해설 꽃비가 흩날리던 밤에 누구와 이별했나. 세월은 흘러 가을바람에
낙엽이 지니 임도 날 생각하나. 천리 먼 데 계신 임이 오락가락 꿈에
뵈기는 하는 건지.

　부안 명기 매창은 개성의 황진이와 더불어 쌍벽을 이룬 조선의 명
기. 본명 이향금李香今, 기명은 계랑, 매창은 호다. 시문과 거문고에
뛰어나 당대의 문사 유희경, 허균, 이귀 등과 교유했다. 이 노래는 유
희경을 그리며 부른 노래. 전북 부안 매창공원에 매창의 묘와 이 시비
가 서 있으니 매창은 죽어 시와 이름을 남겼다.

낭송하기 좋은 초대 시조

오종문

- 1986년 『지금 그리고 여기』를 통해 작품 활동 시작
- 2009년 중앙시조대상 수상
- 시집 『오월은 색스를 한다』
  그 외 『이야기 고사성어』(전3권) 등 다수

연필을 깎다

뚝! 하고 부러지는 것 어찌 너 하나 뿐이리
살다보면 부러질 일 한두 번 아닌 것을

그 뭣도 힘으로 맞서면

부러져 무릎 꿇는다.

누군가는 무딘 맘 잘 벼려 결대로 깎아
모두에게 희망 주는 불멸의 시를 쓰고

누구는 칼에 베인 채

큰 적의를 품는다.

연필심이 다 닳도록 길 위에 쓴 낱말들
자간에 삶의 쉼표 문장부호 찍어 놓고

장자의 내편을 읽는다

내 안을 살피라는.

운문사를 거닐다

몇 됫박 삶 동냥하고 이 절집 찾은 걸까
난 누구고 어디서 와 어디로 가는 걸까
몸 낮춰 발소리 죽여
이 길을 걷는 걸까

다복솔 개울물에 발 담근 채 경을 듣는
생각이 너무 많아 독이 되는 남루한 하루
안개로 풀어지느냐
설법으로 풀리느냐

나 이제 못 가느니 도반 그만 가게 하고
저문 산 땅을 닮고 그 마음 하늘 닮는
운문사 은행잎 한 장
내려놓는 이 가을

바다의 집, 섬

뭍으로 가는 길은 오래 전에 끊겼다
바지락을 캐고 난 뻘밭은 말이 없고
그니의 감장 날밤집
불빛 하나 내걸었다.

그날 비린내도 없이 해미가 섬을 낳던 때
각다귀판 뱃놈의 밤 쉬이 잠들지 못하고
뜸마을 몇몇의 텃새
바람 대신 울고 갔다.

막장의 삶 알면서도 길 떠나 가 닿은 곳
너울이 마지막에 안식하는 물꽃 쉼터
모든 것 떠나보낸 섬은
바다의 집이었다.

박 명 숙

- 1993년 중앙일보 신춘문예 시조 당선
  1999년 문화일보 신춘문예 시 당선
- 2011년 열린시학상
  2013년 중앙시조대상 수상
- 시집 『은빛 소나기』, 『어머니와 어머니가』

첫 눈

첫날부터 바리톤이었다, 목청이 좋았다

낮고 굵은 성량으로
곳간 가득 들어찼다

약골의
겨울 들녘도
뱃심 좋게 우거졌다

초저녁

풋잠과 풋잠 사이 핀을 뽑듯, 달이 졌다

치마꼬리 펄럭, 엄마도 지워졌다

지워져, 아무 일 없는 천치 같은 초저녁

오래된 시장 골목

누구는 호객하고 누구는 돈을 세는

양미간이 팽팽한 노점 앞을 지나는데

꽃집의 늦은 철쭉이 여벌옷처럼 펄럭인다

가끔씩 여벌처럼 세상에 내걸려서

붐비는 풍문에나 펄럭대는 내 삶도

마음이 지는 쪽으로 해가 지듯, 저물 것인가

퍼붓는 햇살까지 덤으로 얹어놓아도

재고로만 남아도는 오래된 간판들을

쓸쓸히 곁눈 거두며 지나는 정오 무렵

이 태 순

- 2005년 농민신문 신춘문예 당선
- 오늘의시조시인상 수상
  중앙시조대상 신인상 수상
- 시집 『경건한 집』, 『따뜻한 혀』

저녁 같은 그 말이

늦가을 무를 썰다 느닷없이 마주친

무 속 한가운데 갈라터진 마른 동굴

창시 다
쏟아버리고
검은 벽 발라놓고

알싸한 무밭 건너 가물가물 들려오는

"내 속을 뒤집으면 시커멓게 탔을끼라"

울 어매
청무꽃 같은,
저녁 같은 그 말이

따뜻한 혀 2

꿈을 꿨다,
풀 한 짐 지고 우두커니 서 있는

고요해서 슬펐다
풀 한 짐이 시들었다

천리 길 만리 떠나는 워낭소리 들렸다

핏물 밴 풀 뜯어먹다 배가 고파 울었다

붉은 흙을 뒤집어 쓴
어미 소가 걸어왔다

다 헐은 혓바닥으로 연신 핥아 주었다

협립양산

햇살 몇 개 부러진 오후만큼 기울어진
둥근 꽃밭 확 펼치자
무더웠던 그 여름
울 엄마 꽃송이 지고
내 생이 든 꽃그늘

꽃물이 뚝 뚝 질까
아까워 들지 못했을

입술연지 훅 퍼지는
꽃밭 빙빙 돌리며

접었다 펴보는 사이 간간이 꽃이 피네

변 현 상

- 2007년 《나래시조》 신인상
- 국제신문, 농민신문 신춘문예 당선

부부라는 이름의 시詩

대학병원 폐암 병동 금연구역 휴게실

대롱대롱 매달린 링거병을 팔에 꽂은

중년의 야윈 남자와
휠체어 밀던 아낙

깊은 산 호수 수면 그 잔잔한 표정으로

담배를 꺼내 물곤 서로 불을 붙여준다

주위의 눈길을 닫는
저 뜨거운
합일슴—!

벌교

전라도
보성
벌교
저 갯벌이 종교다

날름
날름
주워 먹는
꼬막은 구휼금이고

널배가
넓은 신전을
헌금도 없이
지나간다

사랑 이미지
―치약

쥐어짜고 찌그러지는 몸이 된다 할지라도

그대의 새하얀 미소를 위하여

영원히 사라져버리는 거품이고 싶습니다

임 채 성

- 2008년 서울신문 신춘문예 당선
- 오늘의시조시인상 수상
- 시집 『세렝게티를 꿈꾸며』

지 에이 피

지나치듯 슬몃 본다,
백화점 의류매장
명조체로 박음질한 GAP상표 하얀 옷을
누구는 '갑'이라 읽고
누군 또 '갭'이라 읽는,

사람과 사람 사이에도
갑이 있고 갭이 있다
아무런 잘못 없어도 고개 숙일 원죄 위에
쉽사리 좁힐 수 없는 틈새까지 덤으로 입는,

하루에도 몇 번이고 갑의 앞에 서야 한다
야윈 목 죄어 오는 넥타이를 풀어버리고
오늘은
지, 에이, 피를
나도 한 번 입고 싶다

설마, 고우

서늘한 복선을 깔듯
휴대폰이 부르르 떤다

순열 조합 기호로 뜬 그 낯선 부름 앞에
갸웃한 시선을 펴고
알몸으로 나선다

기억의 편린들을 조각조각 몽타주 하며
빛바랜 앨범에 낀 갈피 하나 찾아 든다
화들짝,
놀란 전화기 덩달아 후끈하다

철부지들 무용담이 모닥불로 타오를 쯤
고지서처럼 날아드는 자동차 카탈로그

우린 또 타인이 된다,
저장 안 된 번호처럼

박수근의 나무

팔레트만 펼쳐놓고 화가는 간 데 없다
혜식은 태양 아래 또 한 점 잎이 지면
억새는 서툰 붓질로 가을을 덧칠한다

바람이 흘리고 간 뜬소문이 수런대고
무채색 하늘께로 가시 돋듯 뻗친 가지
누군가 입동 허기를 귓바퀴로 재고 있다

세상 물이 든다는 건 제 색을 지우는 일
버려야만 메숲지는 겨울이란 여백 앞에
괜찮다, 괜찮다 하며 불혹이 익어간다

노을 부신 날일수록 눈빛은 더 홧홧해서
가슴께 묻어둔 불씨 서산마루 번져갈 때
시뻘건 햇덩이를 물고 불새가 날아온다

유심시인 자선 시조

낙화암

강병천

삼천 꽃잎을 띄운다
황포 돛배에 올라

낙화암 물결 따라
서역으로 간 얼굴들

죽어도
죽지 않는 통곡
바람결에 듣는다

숨은벽

억겁 노래에 흰 구름 떠돌다 떠돌다

연꽃 그림자 찾아가는 만 리 고행 길

진실의 숨은 한쪽을 그 누가 보았으리

이승과 저승 단애 그 너머에서 오는

오, 맑은 바람 마음 길 열리는가

열어도 열어젖혀도 열리지 않는 숨은벽

*숨은벽 : 북한산에 있음.

강병천 | 2014년 《유심》 특별 추천 등단. 한국외국어대학교 영어과 졸업, 서울대학교 행정대학원 행정학 석사. 삼양시스템 그룹 부회장, 샘시스템(주) 대표이사. 한성대학교 객원교수, 세계미래포럼 원우회장.

단추를 달며

김선화

바늘귀에 실이 잘 들어가지 않는 밤

문득 이불 깁던 등 굽은 실루엣

내 모습 어머니 같아 손톱 물고 앉았다

세월을 펄럭이며 바람결 흘러가고

빨랫줄에 햇살 함께 너울대던 하얀 홑청

올올이 건너온 시간, 숨바꼭질 하던 아이

풀 먹인 이불 대청마루 위에 뒹굴면

바싹 마른 풀꽃 향기 은근한 품속에서

엉덩이 찰싹 붙이던 소리, 그 목소리 듣고 싶다

겨울나무

묵묵히
생각에 잠긴

겨울나무 등에 기대어

살 냄새
싱그럽던 그의 여름을 봅니다

아버지
푸른 등줄기 목말 타던 지난날.

한때
가지마다 휘어진 능금 능금처럼

반짝이며
바라보던 그 눈빛을 봅니다

멀리서
언 땅 녹이는 물줄기도 봅니다.

김선화 | 2006년 《유심》으로 등단. 2011년 가람시조문학상 신인상 수상.

가난한 사랑에게

김영주

세상 허물 다 덮을 듯 눈은 내려 쌓이지만
언젠간 그칠 것이고
녹아 흐를 것이고
볕들면 순백의 결속 무너지고 말 터인데

너랑 나 붙안으면 서로에게 스며들어
모나고 패인 곳들 궁굴려야 하는데
겨워도 그럴 수 있겠니
손 놓지 않을 수
있겠니

뉘엿뉘엿

머리 하얀 할머니와 머리 하얀 아들이
앙상하게 마른 손을 놓칠까
꼬옥 잡고
소풍 온 아이들처럼 전동차에 오릅니다

머리 하얀 할머니 경로석에 앉더니
머리 하얀 아들 손을 살포시 당기면서
옆자리 비어있다고
여 앉아앉아
합니다

함께 늙어 가는 건 부부만은 아닌 듯
잇몸뿐인 어머니도
눈 어두운 아들도
오래된 길동무처럼
뉘엿
뉘엿
갑니다

김영주 | 2009년 《유심》으로 등단. 시집 『미안하다, 달』.

영지影池 눈보라

박 영 희

─이제는 늦었을까
물그림자 떠났을까

징소리 되돌아와
가슴 치며 다시 울까

아사녀 어디를 가고
나만 혼자 남았는가

─사무친 꿈이었으리
한도 깊은 설움이었으리

비워둔 내 뜨락
닫아 잠근 내 창가에

진종일 휘몰아치던
눈보라 나의 가슴

성묘 길에서

산보다 훤칠한 키 하늘 덮고 누우신 이

제삿날 모시 두루막 구름 둥실 오시더니

그 흰 빛 어디로 가고 소쩍새만 우는지

박영희 | 1992년 《시대문학》 등단. 서울 법대 졸업. 시집 『빈 손 모두어 평안하여라』,
『눈빛으로 먼 빛으로』, 『진달래운 기타』.

슬픔의 역사

오승희

기차는 떠났고 나는 여기 남겨졌다
세월이 허락한 망각은 쿨한 축복
웃을 수 없을 것만 같던 시간들은 흐르고

내 영혼의 무게는 점차 가벼워진다.
살 수 없을 것만 같던 나날들은 흐르고
더 이상 삶의 무게는 저울질하지 않는다.

풍화된 시간은 어디로 가 쌓였을까
깊은 벽 담쟁이 긴 상처를 덮는다
아무도 기억 못하는 길목
기적은 다시 울리리

수선집 방문기

해진 마음 기우려 수선집에 들렀어요

똑,똑, 계신가요
무엇을 수선할까요

마음이 만신창입니다
그럼 꺼내 보세요

내다버린 오장육부 식어가는 혈관을 지나
깊은 숨 들이쉬고 끝닿은 곳에 닿았어요

어쩌죠 보이질 않아요
날 밝거든 다시 오세요

오승희 | 2013년 《유심》으로 등단. 숙명여대 중문과 졸업. 육군본부 여군헌병대장 및 정보사 중국어 통번역장교 역임. 고양문화재단 어울림문화학교 사주명리학 강사.

다시 일어서는

이상야

파도일 듯 일어선다.
아버지의 이름으로,
한 번의 헛발질로 송두리째 날렸어도
발꿈치 높이 들어서 수탉인 양 가슴 펴고

입맛을 유혹하는 맛깔스런 반찬도
젓가락 몇 번이고 멋쩍게 놓다 보면
푸성귀
조촐한 밥상 앞
눈에 밟히는 식솔들

허기에 익숙해지고 빈곤으로 찌들어진
지난날 아수라장 쑥대밭 앞날에도
구두끈 바투 잡아매며 어금니 무는 저 가장

어른 대접
—고서

일렬로 빼곡하게 어떤 것은 엎혀있고
귀 닳고 이 맞지 않아 몸치장은 고사하고
아물지 않은 상처가 거적처럼 나달댄다.

한 때는 천대받아 갈 곳 없어 뒹굴다가
눈 밝은 주인만나 제자리를 잡았다.
누구든 제철 만나면 저리 펄펄 나는 것을

볼품없는 모양새로 몸은 비록 흘림체나
속살은 야무져서 그 향기가 오래가고
귀하신 말씀 말씀은 뼈 속을 파고든다.

이상야 | 2004년 《문학사랑》으로 등단. 시집 『풍경소리』.

택배 온 날

이태정

발신인 이름 위에 황톳빛 흙이 묻은
몸살로 캐어 올린 고구마 한 상자가
이제 막 멀미를 끝내고 가쁜 숨 뱉고 있다

오금을 추스르며 자리를 털고나와
햇빛에 몸을 말려 화석으로 굳어가도
아프다 말하지 않는 그늘 밭 속 어머니

창밖에 눈발은 조금씩 굵어지고
눈시울 붉어지며 목이 메는 이 저녁
달콤한 어머니 속살 고구마를 삼킨다

누수

며칠째 화장실 세면대가 새고 있다
낡은 배관에서 삐걱거리는 소리들
어머니 마른 뼈에서도 그 소리가 들렸다

여자의 미소 잃은 벌어진 입가에
뜻 모를 옹알이와 침이 흐를 때
한 생이 아랫도리 다 적시며 주책없이 새고 있다

새는 것이 이토록 뜨거운 줄 몰랐다
어금니를 깨물며 녹슨 몸을 닦는데
울음보 터트리면서 오늘은 내가 샌다

이태정 | 2012년 《유심》으로 등단. 2012년 전태일문학상 수상.

산뜻한 이별

조 안

잡는 이 하나 없어 즐겁지 않게 즐겁고

두고 가는 정 또한 가볍지 않게 가볍다

잘 산 몸
툭, 던지고 가는 굴참나무
열매 보살

동거

가까이 살아도 한 달에 한 번
얼굴 보기 힘든 딸아들 대신해서
쿠쿠가 말을 걸어준다
엄마의 저녁 지킨다

끼니를 거르실까, '취사를 시작합니다'

혹시 말을 잊으실까, '밥을 저어 주세요'

"꼭 누가 옆에 있는 거 같애"
"딸보다 낫지?"

조 안 | 2012년 《유심》으로 등단.

아기고래와 통화

허 전

출렁, 태동하는 선율로 벨이 울린다
만삭으로 충전된 푸르른 액정화면에
심해의 물살을 일구며 고래좌가 뜬다

태아가 보내는 신호와 교감하는 소통 속
고래가 분수공으로 내뿜는 무지개에
태교로 펼친 생명선을 한 올 한 올 엮는다

초산의 꿈결로 희열에 젖는 모성이
새붉은 심장으로 언약을 다짐하며
손꼽아 짚는 출산일로 휴대폰을 닫는다

어머니의 편지

순한 귀 육십갑자에 한글을 깨우쳐서
파도에 깎인 섬의 심에 침을 묻혀 쓴
골 깊이 주름진 글꼴의 편지를 읽는다

조개를 캐는 갯일로 등 굽은 기역(ㄱ)에서
별 한 획 수평선에 찍고 해가 잠긴 히읗(ㅎ)
바른 생 내리긋기로 아(ㅏ)에서 이(ㅣ)를 익혔다

심봉사 눈뜬 것 같고마 팬지를 쓰다니
건강이 재산인디 삼시 밥은 챙겨 묵나
험한 날 견디다 보믄 항복 시절 읻것쟈

자식들 닿소리를 생명살림으로 품은
홀어미 홀소리의 결기 매운 서사가
사리 때 부푼 바다로 푸른 힘살을 돋운다

허 전 | 2013년 《유심》 등단. 강물시문학예술원 원장. 문학치료사 · 법무부 산하 시 창작 책임강사 · 국방부 산하 시 창작 책임강사. 시집 『1512호에 내리는 비』.

소포를 보내며

황영숙

먼 길 살펴 잘 가라고 싸매고 또 싸매고
그리움 틈새마다 한껏 채워 넣으면
터질 듯 늘어난 부피 만삭의 몸이 된다

저울 바늘은 어느새 영점을 넘어서도
만 리 이역에서 꿈을 심는 딸애는
언제나 가 닿고 싶은 내 사랑의 종착역

이 마음 한 올 한 올 혈육의 끈을 엮어
튼실한 어망인양 난바다로 보낸다
보내고 또 보내 주어도 가슴만 아린 사랑

유리창

주산지 물빛 닮은 수의囚衣를 입어서일까

마주 선 거리가 머나 먼 강물 같다

긴 세월 바라만 보다

잡지 못한 우리 두 손

널 보낸 그 날 이후 내 창은 야위어져

헐거워진 몸뚱어리에 찬바람이 불고

아직도 하지 못한 말

밤새도록 덜컹댄다

황영숙 | 2011년 《유심》, 《경남문학》으로 등단.

상강霜降 무렵

홍성란

산자락 붉나무 코끝도 빨간 아침

버틴다고 버틴 산발치 배추들이 소름 돋은 고갱이 환히 내밀고
있다 무슨 기척에 도망갔는지 웃잎만 건드린 어린 고라니 엉덩이
강종강종 건너갔을 마른 개울 저만치

겁먹은 어미의 긴 속눈썹 눈망울도 지나갔다

소서小暑

벗을 만큼 벗은 시드니 교외 목장

　다국적 여행자들 가운데 보통 키에 좀 배가 나온 타이완 남자는
제 몸이 만든 그늘 속으로 콧잔등에 송글송글 땀 맺힌 어린 딸을
불러들였다. "아가, 아빠 그림자 안으로 들어와. 그림자 안에 있으
면 시원해."
　많은 장면 가운데 십년 전 그 풍경 가끔 집히는 건 덥다고 아버
지 그늘에 스미던 아이의 어린양하는 목소리 때문은 아닐 것이나
가끔 물 잔에 잉크 번지듯 번져오는 것이다.

　그늘도 어린양도 걷힌 아버지 유택에 기운 달

홍성란 | 1989년 중앙시조백일장으로 등단. 시조집『겨울 약속』『바람 불어 그리운 날』
『춤』등이 있고, 시조선집『명자꽃』『백여덟 송이 애기메꽃』『애인 있어요』외
시조감상 에세이『백팔번뇌─하늘의 소리, 땅의 소리』등이 있다. 유심작품상·
중앙시조대상·대한민국문화예술상(문학부문) 등 수상. 유심시조아카데미 원장.

솟대

권영희

신사동 가로수길 전광판 홀로 외롭다
소음에 오존 수치 쿨럭쿨럭 뱉어내며
도시의 찬 이마를 짚는 손이 하나 서 있다

사느라 바쁜 도시 몇 도에 몇 부일까
앞만 보고 닫는 우리 낮은 체온을 읽는
저 솟대 쓸쓸한 진맥에 하늘이 죄 흐리다

꽃 피는 수선집

진열장에 걸리던 첨단의 원피스를 내리고
낡은 재봉틀 다리미대 마주 앉아
한나절
추억을 짜깁느라
왁자해진 작은 집

골목, 골목 떠도는 소문은 잘라내고
패스트푸드에 조인 인심은 늘려주며
누긋이
황혼길 밟는
시간들이 앉았다

공부에 지친 석이 구직서 돌리는 덕신 씨
부부싸움 지겨운 건넛집 정은 엄마도
간 맞춘
인생이고 싶어
넘어가는 저 문턱

세월을 시침질하며 재봉틀은 돌아가고
한그루 동백이 꽃숭어리 놓치는 사이

도시의
풍문을 수선하는
손놀림도 분주하다

권영희 | 2007년 《유심》으로 등단. 사화집 『뒷발의 힘』 외.

휴전선

조민희

양파 껍질 벗겨 낼 때 눈물샘 자극하듯
아릿하게 젖어오는 너는 늘 아픈 이름

외삼촌
흘린 핏자국에
하마
들꽃 벙글겠지

빈 들녘 수숫대에 바람이 휘돌아든다
앞섶 젖은 외할머니 짓무른 발목처럼

어머니
늑골에 박힌
그 멍
언제 풀어낼까

살붙이 갈라 선 길
녹이 슨

지뢰밭에

나비 사슴 고라니는
문턱 없이 넘나들고

휴전선
그 통점에서
떨고 있는
나의 하늘

바위종다리

너덜겅 잔돌 헤집고 알을 낳은 어미 마음도

기뻐하면 기쁘다고 비빗비빗 사는 거라고

이따금 솟아오르네 속잎 피는 구름 가

조민희 | 2005년 《문예시대》 신인상 시 등단. 2010년 조선일보 신춘문예 시조 부문 당선. 조선대학교 가정과·한국방송대 국문과 졸업. 제1회 송강정철관동별곡 시조백일장 대상 수상. 시집 『은행잎 발라드』.

• **김학성**(성균관대 명예교수)

시조의 정체성과 그 현대적 변환 문제
—현대시조의 위상과 방향 정립을 위하여

현대인의 욕구에 대하여는 이미 자유시가 감당해 오고 있는 터이므로
현대시조는 자유시와는 다른 분명한 정체성을 가지고 거기에 대응해야
한다. 현대시조가 자유시와의 동일 지평에서 그저 자유시를 뒤따르기에
급급하거나 흉내 내는 모방의 수준에서 크게 벗어나지 못한다면 굳이
존립해야 할 이유가 없으며, 자유시 쪽의 냉대와 독자층의 외면은 당연한
결과이다. 그런 점에서 현대시조가 나아가야 할 길은 장르적 정체성의
확립이며, 이는 장르에 대한 인식을 어떻게 갖느냐이다.
—본문에서 발췌

• **홍성란**(시인, 유심시조아카데미 원장)

시조콘서트, 열두 개의 와인글라스 2014

항산화작용을 한다고 해서 탄닌 함량이 높은 와인을 좋아하지는 않는다.
아이스와인이 입맛에는 좋다. 달콤하고 향기로운 와인처럼 시어를 잘
다듬어 지을 수 있어야 굽이치는 시조의 리듬을 만들 수 있다. 초정 김상옥
선생의 말씀과 같이 시조는 굽 높은 제기요, 문자에 매이지 않는 시다. 시어
운용에 능란하고 율격 운용에 능란해야 진정한 연주를 펼칠 수 있다. 시조는
열두 개의 와인글라스가 빚는 콘서트다.
—본문에서 발췌

시조의 정체성과 그 현대적 변환 문제

─현대시조의 위상과 방향 정립을 위하여

김 학 성

(성균관대 명예교수)

1. 시조의 정체성-고시조와 현대시조의 거리

근자에 필자는 이 글의 발표를 준비하기 위해 현대시조 전문지 몇 권과 현대시조선집 몇 권을 접하게 되었고, 거기 실린 작품 수 편을 감상함과 아울러 함께 붙어 있는 시조 비평과 작품의 해설문을 읽을 기회를 갖게 되었다. 읽고 난 소감을 솔직히 말한다면 국문학계나 국악학계에서 고시조에 관해 이룩한 학문적 성취가 시조 창작계나 시조 비평계의 어느 쪽에도 거의 반영되어 있지 않거나 곡해되고 있는 부분이 너무나 크고 심각하다는 것이며, 그로 인해 당혹감과 놀라움을 금치 못했다는 것이다. 학계와 문단 간의 이와 같은 소통 단절 혹은 잘못된 소통은, 문단으로 하여금 시조의 정체성에 대한 이해 부족 혹은 오해를 야기하는 결과를 낳았고, 그로 인해 가장 심각한 폐해는 시조를 시조로서 대하지 않고 마치 현대 자유시를 창작하거나 비평하는 것처럼 대하고 있어[1] 시조의 정체성, 특히 현대시조의 정체성 파악에 상당한 혼란을 보인다는 점이다.

현대시조의 정체성을 올바로 파악하기 위한 방법은 그것과 근원적 연결고리 관계에 있는 고시조의 정체성 파악부터 선행되어야 한다. 그리고 여기에 덧붙여 그것과 대립적 경쟁 관계에 있는 자유시와의 관계 설정에도 명백한 인식을 가져야 한다. 이는 너무나 당연한 명제임에도 정작 문단에서는 소홀히 여겨왔던 데에서 혼란의 요인을 찾을 수 있는 것이다.

잘 알다시피 현대시조의 정체성은 그 명칭에 명백히 드러나듯이 현대성과 시조성을 동시에 충족해야 하는 데서 확립될 수 있다. 현대성을 충족해야 이미 역사적 사명을 다하고 사라진 고시조와 변별되는 존재 이유를 찾을 수 있고, 시조성을 획득해야 자유시와 경쟁 관계에서 존재 이유를 찾을 수 있다. 그러기에 현대성을 무시하고 시조성만 추구하는 방향으로 현대시조가 나아간다면, 엄청나게 달라진 현대인의 미의식에 걸맞은 공감대를 획득하기 어려우므로 시대착오적 복고주의 혹은 국수주의로 매도되어도 할 말이 없게 된다. 이와 반대로 시조성을 무시하고 현대성으로 과도하게 기울어 추구한다면 자유시와의 경계선이 모호해져, 그러려면 차라리 자유시 쪽으로 나오라는 비난에서

---

[1] 이 점은 현대문학 전문의 시인 비평가는 물론이고, 시조를 전문으로 창작하고 비평하는 이들까지 예외가 아니다. 현대시조와 자유시가 엄연히 장르 정체성을 달리함에도 자유시와 하등의 차이 없이 비평하고 해설한다면 해석의 정합성을 얻었다 하기 어렵다. 시조는 시조의 장르 독자성에 맞추어 이해하고 판단해야 하기 때문이다.

자유로울 수 없는 것이다.

그렇지만 현대시조는 고시조가 갖지 못한 현대성을 갖기에 현대에 존립해야 할 명백한 이유를 가지며, 자유시가 갖지 못한 시조성을 갖기에 자유시와 당당하게 맞서 경쟁 관계를 가지고 존립할 수 있는 기반을 가질 수 있는 것이다. 여기서 먼저 고시조가 갖지 못한 현대성이란 구체적으로 무엇인지를 살피는 일이 현대시조의 정체성 확립에 중요한 지침이 될 것이다. 이를 위해서는 고시조와 현대시조가 갖는 거리 혹은 차이를 분명히 함으로써 해결의 실마리를 찾을 수 있을 것이다.

고시조와 현대시조는 우선 제시 형식에서 근본적인 차이를 갖는다. 고시조가 가곡창 혹은 시조창이라는 음악의 악곡 구조에 담아 실현됨에 반해 현대시조는 음악과는 상관없이 언어의 내적 질서에 기반을 두어 실현되기 때문이다. 즉 노래하는 시와 읽는 시로서의 차이를 갖는다는 것이다. 이 점은 일찍이 가람 이병기가 노랫말로서의 창사성唱詞性을 벗어나 시조시時調詩로 전환해야 함에서 시조의 나아갈 방향을 찾은 이래 누구나 상식적으로 알고, 또 강조하고 있는 점이기도 하다. 그럼에도 이를 새삼스레 들추는 것은 고시조와 현대시조의 거리를 인식하는 데 있어서 가장 근본적인 문제임에도 불구하고 너무 피상적인 수준에서 그것을 인지하거나 받아들이고 있기 때문이다.

고시조는 노래하는 시였기 때문에 노랫말 자체보다는 그것을 담아내는 악곡의 선율과 리듬의 다양화를 통해 조선시대 500년이란 장구한 기간 동안 사대부층의 중심 예술 양식으로2) 향유

---

2) 사대부가 향유한 가장 중심적인 예술 형식은 물론 時(한시)였지만 그들은 시조를 時餘라 하여 시의 연장선상에서 시를 통해 못 다한 흥취나 감회를

112

될 수 있었다. 그리하여 고시조는 5장에다 중여음과 대여음이 결합된 악곡 구조를 갖는 유장하고 완만한 가곡창으로 실현되는가 하면, 그와 병행하여 그보다는 상대적으로 짧고 경쾌한 3장의 악곡 구조를 가진 시조창으로 실현되기도 했다.3)

그리고 이 두 가지 연창 형태도 시대의 변화에 따라 구체화되는 방식이 실로 다양했음은 각양각색의 악곡명들이 그것을 증거해 주고 있다. 가곡창의 경우만 보더라도 15세기에서 16·17세기를 거치는 동안 가장 느린 템포의 만대엽에서부터 출발하여 중대엽을 거쳐 삭대엽으로 가는 보다 빠른 템포로의 변화를 보였으며, 18세기에 가곡을 전문으로 하는 가객의 등장과 함께 가곡의 연창이 보다 세련되고 정제되면서 삭대엽계 가곡의 다종다양한 분화가 일어나게 되고, 19세기에 이르면 여러 다양한 악곡들을 일정한 질서에 따라 '엇걸어' 부르는 편가 형식의 '가곡 한바탕'이 완성되기에 이르며, 여기에 남창가곡 여창가곡의 전문화마저 생겨나게 된다.

이러한 시조 악곡의 여러 변화 층위 가운데 특히 주목을 요하는 것은 가곡창의 경우 정격형(이것도 시대에 따라 평조, 우

시조로서 풀었으며, 더욱이 詩歌一道라는 이념적 시각에서 시와 대등한 의미를 부여하여 시조를 향유했음은 시조 가집의 서문 혹은 발문에 잘 드러나 있다.

3) 가곡창 가운데 이삭대엽을 연행하는 시간을 계산하면 중여음과 대여음을 합해 12분 정도가 소요되고 중여음과 대여음을 빼고 노랫말의 창만 계산해도 8분 33초 정도가 소요된다고 한다(장사훈, 『국악논고』, 서울대출판부, 1988, 300면). 45자 내외의 짧은 노랫말을 연행하는 데 걸리는 시간과 오늘날 유행하는 대중음악에서 이보다 몇 배의 긴 노랫말을 가진 발라드나 랩이 대략 4~5분의 시간이 소요됨과 비교해보면 그 유장함의 정도가 어느 수준인지 알만하다. 가곡창의 이러한 유장함에 비해 시조창은 4분 전후여서 훨씬 짧아지고 대중화되었다.

조와 계면조 등의 악조로 불리는 양식이 다름)과 대응되는 변격형(이른바 농弄·악樂·편編이 중심이며 그것들의 다양한 분화로 나타남)의 존재와 시조창에서 평시조나 지름시조와 대응되는 사설시조의 존재다. 이들의 가풍歌風은 상당히 달라서 그에 담긴 노랫말이 추구하는 미학도 상당한 거리를 갖기 때문이다.

고시조의 이 같은 다양한 음악적 분화와 발전은 어디까지나 단시조에 해당하는 것으로서 이는 시조의 본령이 단시조임을 말해준다. 즉 시조는 사대부층의 순간의 솔직한 감정을 3장 12마디의 짤막한 형태에 담아 완결하는 단수單首를 지향하며 길어야 두어 수를 넘지 않되 그마저 각수는 자체 완결의 독립적 성향을 강하게 드러낸다.

그렇지만 이와 같이 짧은 호흡의 단시조만으로는 사대부가 포착한 세계상의 깊고도 넓은 인식 세계와 감정 양식을 표현하기에는 한계가 있으므로, 연시조 혹은 연작시조라는 시조의 확장 형태를 창작하여 그러한 욕구에 부응했다. 따라서 단시조가 음악적 연행 욕구에 다양하게 부응해 갔다면 연시조는 그 반대로 노랫말에 담긴 의미 체계가 중시되어 사대부의 문학적 욕구를 나름대로 몇 가지 유형적 형식(예를 들면 「도산십이곡」 같은 6歌계나 「고산구곡가」 같은 9歌 계통 등)으로 부응해 갔던 것이다. 그리고 다른 한 켠에서는 사람과 사람 사이의 감정의 교류를 위하여 말 건넴과 그에 대한 화답 형식의 수작시조라는 것도 있었다.

고시조는 이처럼 다양한 악곡의 변화 발전을 통해 여러 향유 형태를 보이면서 500년의 긴 세월 동안 향유될 수 있었지만 현대시조는 사정이 그와 전혀 다르다. 우선 고시조는 당대의 국문 시가 장르로서는 중심부에 자리하고 있어서 장구한 세월 동안 독점적 우세 속에 변화 발전을 거듭할 수 있었지만, 현대시조는 잘 알다시피 자유시라는 중심 장르의 그늘에 가리어져 주변부로 내몰리는 열세 속에서 자유시와 힘겨운 경쟁을 해야 하는 절대적으로 불리한 위치에 놓여 있다.

거기다가 고시조는 세계 인식에 있어서 이성적 합리주의(조선 전기)에서 경험적 합리주의(조선 후기)에 걸치는 시대에 각각 거기에 걸맞은 '안정적이고 조화로운 양식(정격형 : 평시조)'과 함께 안정적 조화 내에서 그것을 '멋스럽게 일탈하는 양식(변격형 : 사설시조)'을 통해 당대의 미적 감수성에 안정적으로 대응해 갈 수 있었지만, 현대시조는 그와 달리 경험적 합리주의 사유가 불신되고 무너지면서 부조리와 불확정의 시대로 전환되어 가는 상황에서 그러한 번덕스럽고 혼란스러운 세계 인식을 바탕으로 한 미적 감수성에 어떻게 '안정적인 조화'나 혹은 그 '안정 속의 일탈'로서 대응해 나갈 수 있을지 심히 불안하기 짝이 없게 된 것이다. 이러한 힘겹고 불안한 상황에 더하여 현대시조는 고시조와 달리 음악적 연창이라는 제시 형식을 상실한 언어예술로서, 더 정확히는 시문학으로서, 모든 것을 언어에 담아 말해야 하는 또 하나의 어려움에 놓여 있는 것이다.

이처럼 현대시조는 주변부 장르로서의 열세 속에서, 부조리한 사유와 불확정 시대를 살아가는 현대인의 미의식을 음악의 든든한 뒷받침을 상실한 채 오로지 언어로서 그 모든 것을 감당해 나가야 하는 상황에 처해진 것이다. 따라서 현대시조의 돌파구는 노래 아닌 시로서 고시조가 누렸던 아름다움의 무게를 지탱해야 하고, 거기다 오늘을 살아가는 현대인의 감수성에 절대적인 공감을 획득해야 하는 것이다.

문제는 이러한 현대인의 욕구에 대하여는 이미 자유시가 감당해 오고 있는 터이므로 현대시조는 자유시와는 다른 분명한 정체성을 가지고 거기에 대응해야 한다는 것이다. 현대시조가 자유시와의 동일 지평에서 그저 자유시를 뒤따르기에 급급하거나 흉내 내는 모방의 수준에서 크게 벗어나지 못한다면 굳이 존립해야 할 이유가 없으며, 자유시 쪽의 냉대와 독자층의 외면은 당연한 결과인 것이다. 그런 점에서 현대시조가 나아가야 할 길은 장르적 정체성의 확립이며, 이는 장르에 대한 인식을 어떻게 갖느냐에 관건이 달려 있으므로 그 문제로 눈길을 돌려보기로 한다.

2. 장르 인식의 문제점

장르(여기서는 '역사적 장르'를 의미하는 것으로 사용함)란 문학사에서 자기만의 독특한 형식적 틀로서 존재한다. 향가, 속요, 경기체가, 시조, 자유시(내재율의 통어를 받는 자유로운 형식적 틀을 가짐) 등이 모두 자기대로의 독특한 틀을 가지고 있음은 그 때문이다. 그러나 그 틀은 그저 단순히 역사적으로 주어진 형식적 틀이 아니다.

그 틀을 통하여 세계상을 이해하고 완결시키는, 즉 현실을 파악하는 방법과 수단이 되는 것이다. 따라서 개개의 장르는 그 나름으로 세계상 혹은 현실을 바라보고 이해하는 방법과 수단으로 기능하며, 역으로 그 독특한 방법과 수단이 결정적으로 장르를 특징짓게 한다. 즉 작가는 장르의 시선으로 세계상(현실)을 바라보고 그에 대한 생각이나 감흥을 완결하게 되는 것이다. 따라서 어떤 장르의 선택은 그 장르의 시선(방법과 수단)으로 세계상을 파악하고 미적 감흥에 심취하겠다는 것에 동의함을 의미한다.

장르가 작자에게는 '글쓰기의 본'(模型)이 되고 독자(수용자)에게는 '기대의 지평'이 되는 까닭이 여기에 있는 것이다. 어떤 사람이 현대시조의 장르를 선택하는 순간 그는 현대시조라는 장르 시선(수단과 방법)으로 세상을 이해하고 완결하며 그러한 미적 감동에 젖어들겠다는 것을 의미한다는 것이다.

그러면 현대시조에 대한 장르 인식은 어떻게 가져야 하는 것일까? 한마디로 현대시조는 고시조를 현대인의 미적 감수성과 시대 인식 및 사유 방식에 걸맞게 현대적으로 변환한 것이므로, 먼저 고시조에 대한 장르 인식부터 분명하게 가져야 현대시조의 나아갈 방향이 제대로 잡혀질 수 있을 것이다. 따라서 고시조의 장르 정체성부터 제대로 파악하는 일이 우선되어야 함은 말할 것도 없다.

고시조를 비롯한 우리의 모든 고전시가는 '노랫말'과 '악곡'의 상호제약적 관계 속에서 관습적으로 형성되고 향유되어 온 것이므로 노랫말과 악곡이라는 두 가지 측면을 모두 고려해야 해당 장르를 제대로 인식할 수 있게 됨을 유의해야 한다. 우선 고시조의 '노랫말'은 다음과 같은 형식적 틀을 철저히 준수하며 이것이 창작자에게는 글쓰기의 모형으로, 향유자에게는 기대지평으로 작용해 왔음은 익히 알고 있는 바다.

1) 통사 의미론적 연결고리를 이루는 3개의 章(초·중·종장)
   으로 시상이 완결된다.
2) 각 장은 4개의 음절마디(평시조의 경우) 혹은 의미마디(사
   설시조의 경우)로 구성된다.
3) 시상의 전환을 위해 종장의 첫 마디는 3음절로, 둘째 마디
   는 2어절 이상으로 하여 변화를 준다.

   이러한 노랫말의 완강한 형식적 제약은 그것을 싣는 악곡(가
곡창 혹은 시조창)과의 상호제약 관계에서 생성된 것인데, 노랫
말의 이러한 초긴축적 제약으로 인해 발생하는 서정적 미적 감
흥의 미흡성(세계상에 대한 감흥을 3장 12마디라는 초단형의
형식에 모두 압축하려니 대개의 경우 시적 상황이나 흥취를 직
접적으로 무미건조하게 서술할 수밖에 없었음)은 바로 거기에
실린 악곡이 그것을 충분히 보완해 주었다. 가곡창만 해도, '歌
之風度形容(가지풍도형용)'이라 하여 몇 군데 가집에 그에 대한
설명을 해놓고 있는데, 이를 통해 시조의 노랫말이 어떠한 歌風
에 실려 그러한 미흡성을 보완했는지 알 수 있다. 이제 구체적
작품에서 고시조의 장르적 독특성을 점검해 보자.

   風霜이/ 섯거틴 날의/ 갓픠온/ 黃菊花 //
   金盆의/ 득 담아/ 玉堂의/ 보내오니//
   桃李야/ 곳인체 마라/ 님의 뜻을 알괘라///

                                              —宋純

   널리 잘 알려진 이 작품은 평시조의 간결한 형식적 틀에 맞

118

추어 순간의 감정을 솔직 담백하게 노래한 것이다. 노랫말로서만 본다면, 즉 '시가'로서가 아니라 '시'로서만 본다면 이 작품은 졸작에 해당한다. 임금이 옥당에 특별히 하사한 황국화 화분을 보고 작자가 무슨 뜻으로 보냈는지를 알겠다고 노래한 것이므로 서술 상황을 어떠한 수사적 기교도, 시적인 멋도 없이 그저 담담하게 그대로 표출했을 뿐이기 때문이다.

그럼에도 불구하고 이 작품은 송강 정철이 노랫말의 극히 미미한 부분을 다듬어서 자신의 작품으로 수용할 만큼 절대적 공감을 얻었는가 하면[4] 진본 『청구영언』 같은 초기 가집에서부터 『가곡원류』의 여러 이본 같은 말기 가집에 이르기까지 무려 25종의 가집에 실릴 만큼 인기를 끌었던 것이다. 무엇이 이 작품을 조선시대 내내 오랜 세월 동안 절창으로 애호받게 했을까?

먼저 노랫말의 솔직 담백함에서 오는 무미건조함은 우조 혹은 계면조의 악조에다 이삭대엽이나 혹은 같은 이삭대엽 계통으로서 약간의 변화를 주는 중거中擧로, 때로는 삼삭대엽 등으로 시대의 변화에 완만하게 적응하면서 노래판의 분위기나 노랫말에 걸맞은 악곡에 얹어 불려짐으로써 미적인 깊이와 감동의 폭을 보완할 수 있었던 것이다. 즉 이 작품이 이삭대엽계로 불려질 때는 "공자가 행단杏壇에서 제자에게 강학講學을 하듯, 비가 알맞게 내리고 바람이 고르게 불듯(杏壇說法 雨順風調, 행단설법 우순풍조)" 노래하는 곡이라는 풍도형용風度形容의 설명처럼, 가장 유장하고 안정적이며 조화롭고 아정雅正한 노랫말을 얹어 부르기에 적합한 곡[5]이어서 이러한 歌風이 노랫말의 무미

---

4) 이 작품은 정철의 작품집 『松江歌辭』에 일부 字句가 수정되어 수록되어 있는데 이로 인해 작자를 송강으로 잘못 인식하는 경우까지 있었다.

건조성을 충분히 보완했으므로 애창되었다는 것이다.

나아가 이 작품이 삼삭대엽으로 불려질 때는 "군문軍門을 나선 장수가 칼을 휘두르며 적을 거느리듯(轅門出將 舞刀提敵, 원문출장 무도제적)" 노래하는 歌風에 실리므로 이삭대엽과는 상당히 다른 분위기와 파동을 타고 노랫말의 의미가 전달되기도 한다. 그러나 이 작품이 이삭대엽으로 불리든 삼삭대엽으로 불리든 가곡창의 정격형에 해당하는 것이어서 전아典雅함과 고상함을 이상적인 미적 경계로 삼음으로써 속俗티를 부정하고 귀티(雅)를 지향하는 사대부층의 음악적 취미와 기호에 부응하는 범위 내에서의 변화를 반영한 것이고, 이러한 아적雅的 지향이 그토록 오랜 세월 동안 애호될 수 있는 조건이 되었던 것이다.

고시조가 애호될 수 있는 조건은 비단 음악적인 면에서의 아적 이상雅的 理想 충족 때문만은 아니다. 그와 분리될 수 없는 '노랫말'의 지향 또한 雅的 이상을 추구하기에 가능한 것이다. 앞에 인용한 작품만 보더라도 도리桃李의 화려한 아름다움보다는 온갖 풍상을 꿋꿋하게 견뎌내는 국화의 지절至節을 높이 산다는 사대부의 고아한 이상 추구가 그대로 드러나 있다.

이러한 세계상의 이해방식은 사대부층의 보편적 '이념' 가치인 세한고절歲寒高節의 미적 규범성을 기반으로 한 것으로, 생활의 절도에서 우러나온 절제성과 여유 있고 고상한 정신적 풍모가 어우러져 빚어낸 사대부 특유의 전형적 풍류성에 닿아 있는

---

5) 시조가집의 악곡 편성을 보면 우리가 익히 알고 있는 작자가 알려진 대부분의 시조 작품이 이러한 이삭대엽 곡에 얹어 부르는 것으로 되어 있는데, 이런 점에서 이삭대엽으로 불리는 평시조 노랫말이야말로 작자가 자기 이름을 내세워 실존적 존재를 드러내는 인격적 표현을 하기에 적절한 형식 틀이었음을 알 수 있게 된다.

120

것이다. 사대부의 풍류성은 이처럼 화려함이나 세속적 풍요로
움을 지향하는 인간의 욕망을 부정 혹은 제한하고, 천리天理를
보존하는 도심道心의 구현으로 나타나는데, 이는 典雅를 높이
평가하고 俗을 반대함으로써 雅正을 추구하는 사대부의 '도학
적 이념'에 기반한 것임은 말할 것도 없다.

앞의 작품이 갖는 무미건조성은 아정한 음악뿐 아니라 아정
한 노랫말이 갖는 '이념적 깊이'가 뒷받침됨으로써 이중으로 보
완 극복될 수 있었던 것이다. 이러한 이념적 뒷받침은 고시조의
'後景(후경)'으로 작용하여 해당 작품을 점잖으면서도 고귀한 분
위기로 상승시키거나(유가적 전아함을 바탕으로 할 경우), 한적
하면서도 담박한 자유로움의 분위기(유가에 기반하면서도 도가
적인 취향에 이끌릴 경우)로 끌어올리는 기능을 해왔던 것이다.

그러나 사대부가 중심이 되는 고시조의 향유층은 언제까지나
도학(성리학)적 고상함과 냉혹성에만 매몰될 수는 없었다. 이미
중국 쪽에서 송대 이후에는 법도가 엄정한 유가적 典雅보다는
담淡과 일逸이 절대적 우위를 점하는 도가적 전아가 사대부의
추구하는 이상적 경계가 되었고, 특히 시민이 성장하고 발흥하
는 명대 중·후기로 넘어오면서는 사대부들이 시민 계층의 도시
적·세속적인 분위기와 대면하면서 도심道心에 반대하는 동심童
心, 격식에 반대하는 성령性靈, 理에 반대하는 지극한 情에서 생
겨나는 심미적 사조가 무르익어 雅와 반대되는 俗이라는 참신
한 경계境界를 창조하는 분위기로 나아갔다.6)

이러한 사정은 우리 쪽도 마찬가지여서 한편으로는 도학자를

---

6) 장파(유중하 외 역), 『동양과 서양, 그리고 미학』, 푸른숲, 1999 참조.

중심으로 하는 雅의 추구가 가곡창계에도 주류적인 미적 패러다임으로 군림하고 있었지만 다른 한편으로는 도시의 성장을 배경으로 향유되어 온, 속된 것을 미학의 최고 경계로 삼는 시정의 노래가 17세기에서 18세기로 넘어가는 즈음에 '만횡청류'라는 이름으로 가곡창계에 본격적으로 수용됨으로써 가곡창의 변격형인 弄·樂·編이라는 다양한 악곡에 실려 시조의 미적 경계를 확장 혹은 보완해 갔던 것이다. 이것이 오늘날 이른바 사설시조라 칭하는 시조의 변격형으로서, (평)시조가 '雅'를 추구함에 비해 사설시조는 그와 반대되는 '俗'을 추구함으로써 평시조가 갖는 미학의 한계를 사설시조가 보완할 수 있었던 것이다.

이처럼 사설시조는 세속적 욕망에 기초한 속을 최고의 이상적 경계로 삼기에 만횡청류를 처음으로 가곡창계 가집에 싣고자 할 때 그 발문을 쓴 마악노초가 그것의 가치를 일러 "情을 따라 인연을 펴내되 …… '이항里巷'의 노래에 이르면 곡조가 비록 세련되지 않았으나 무릇 그 기뻐하고 원망하고 탄식하며 미처 날뛰고 거칠고 험한 정상과 모습은 각각 '자연의 眞機'에서 나온 것이다"라고 한 진술에 그 점이 잘 나타나 있다.

만횡청류(사설시조)는 도시의 이항을 중심으로 인간의 정을 따라 자연스럽게 표출된 것이어서, 인간의 情이나 욕망을 부정하고 理로써 다스려 조절하는 道心에 기반을 둔 평시조가 미치지 못하는 부분을 미학적으로 보완하는 위치에 있었던 것이다. 사설시조의 이러한 미학은 중국의 동심설童心說이나 성령설性靈說 혹은 천기설天璣論과 통하는 것으로 이 가운데 탕현조나 이지李贄의 동심설7)은 다음의 사설시조를 이해하는 데 큰 도움

122

이 된다.

>   발가버슨 兒孩들리/ 거뮈쥴 테를 들고/ 개川으로/ 나아가서//
>   발가숭아 발가숭아/ 져리가면 죽나니라/ 이리오면 사나니라/
>   부로나니 발가숭이로다//
>
>   아마도/ 世上일이 다/ 이러한가/ 하노라///

이 작품은 理로 인간의 감정을 조절해야 한다는 道心과는 거리가 멀다. 발가숭이 아이가 발가숭이인 고추잠자리를 잡으려고 개천가를 이리저리 분주히 뛰어 다니는 모습이 재미있게 묘사되어 있으며, 특히 잠자리를 잡으려고 저쪽으로 달아나면 살고 이쪽으로 오면 잡히는데도 그 반대로 말함으로써 잠자리를 유인하려는 아이의 사심 없는 욕망이 잘 드러나 있다. 道心은 이러한 인간의 감정을 부정하고 俗된 것으로 천시하는데, 동심설에서는 오히려 이러한 동심이야말로 진심이고 성령이며 천기로 보는 것이다. 그리하여 이 작품에서 보듯 마음을 따라 행하고, 본성을 따라 드러내며, 情을 품고 나아감으로써 俗이라는 새로운 미학을 창조해내는 것이 사설시조의 미학이었던 것이다. 마악노초가 '자연의 진기'라고 한 것은 이러한 미학의 드러냄을 의미한다.

---

7) 이들의 동심설은 도가에서 강조하는 無知 혹은 無慾과는 다른 개념으로 동심에서 흘러나온 성정만이 진심이고 私心이며 속된 마음(俗心)이라 하고 반대로 정과 욕을 조절하거나 제거하여 형성된 것이라 거짓된 것이라 했다. 장파, 앞의 책, 361면 참조.

그런데 사설시조가 추구하는 俗의 미학은 의미의 차원에서 보면 광기(狂)·기이함(奇)·재미(趣)를 드러내는 특징을 가진다. 이는 사설시조의 주체가 되는 시정(도시)의 시민들이 즐겨 추구하는 향락적 특징이 그러하기 때문이다. 이 가운데 특히 '재미'는 가장 중요한 특징으로 보인다. 사설시조에 풍자는 거의 나타나지 않고8) 시정의 해학이나 익살로 가득 차 있는 것도 재미를 추구하는 사설시조의 미학 때문이다. 앞에 인용한 사설시조도 발가숭이가 발가숭이를 잡는 해학적 재미가 중심 주제를 이루고 있는 것이다.9)

그리고 사설시조가 추구하는 속의 미학은 언어의 차원에서 보면 직설(直)·폭로(露)·비속함(俚)·참신함(新)으로 표현되는 특징을 가진다. 이는 동심·성령·지극한 정(至情)에 바탕하여 맘대로 행하며, 본성대로 드러내는 광기·기이함·재미로 인해 필연적으로 생겨나는 표현 방식인 것이다.10) 만횡청류의 많은 작품들, 이를테면 중놈, 승년, 백발에 화냥 노는 년, 장사꾼 등등 도시를 배경으로 욕망을 따라 행동하는 군상들을 노래한 것들이 모두 속의 미학을 드러낸 대표적인 예다. 인간 본연의 모습을 드러내

---

8) 흔히들 사설시조에 풍자가 많이 나타나는 것으로 인식하고 있는데 이는 잘못된 판단으로 보인다. 풍자가 되려면 약자가 강자를 신랄하게 측면 공격하는 비판 정신이 기반이 되어야 하는데 사설시조에서 그런 풍자적 작품을 찾아보기 어렵다.

9) 이러한 사설시조의 미학 때문에 이 작품의 종장의 의미가 심각하게 받아들여지지 않는다. 만약 평시조로 노래되는 상황에서 똑같은 종장이 붙여졌다면 세상사에 대한 심각한 비판적 의미로 받아들여져야 할 것이다.

10) 사설시조의 이러한 속의 미학이 갖는 특징은 같은 시정문화권에서 생성된 판소리 혹은 판소리 서사체(판소리계 소설)의 미학에도 그대로 적용된다. 속의 미학적 특징에 관하여는 장파, 앞의 책, 362~365면 참조.

려니 속될 수밖에 없으며, 인물의 말, 행동거지를 통해 그 정신을 전달하려다 보니 속되게 될 수밖에 없었다.

사설시조는 결국 직설적이고 폭로적이고 비속하고 비루하게 표현될 수밖에 없었던 것이다. 또한 사설시조에는 평시조처럼 사대부적 풍류와 맥이 닿으면서 말만 많아진 경우도 흔히 볼 수 있는데, 이는 단순히 평시조 미학의 연장이 아니라 사대부적 풍류를 질펀하게 즐기려는 인간의 욕망을 자연스럽게 드러낸 것으로 이해된다. 그 역시 속의 미학을 구현한 것이었다.

그러나 사설시조의 이러한 속의 미학은 판소리 미학과 상통하면서도 그것과는 차원을 달리한다는 점을 유의해야 할 것이다. 앞에 인용한 발가숭이 노래만 보아도 弄이라는 가곡창의 변격형 악곡에 얹어 부르게 되어 있는데, 이는 "뭇 선비들이 입씨름을 하듯 바람과 구름이 이리저리 휘돌듯(舌戰群儒 變態風雲, 설전군유 변태풍운)"이라는 설명에서 보듯이 정격형과는 사뭇 격을 달리하는 악곡이지만 그러나 판소리와 같은 속된 음악과는 엄연히 구별되는 차원 높은 선율과 리듬으로 실현된다는 것이다. 이 점은 음악적 측면만 그런 것이 아니다.

노랫말의 배분에 있어서도 그 형식적 틀은 雅를 추구하는 평시조의 틀을 준수하는 범위 내에서 일탈하고 있는 것이다. 발가숭이 노래에서 필자가 빗금을 쳐 놓은 바와 같이 평시조의 틀을 철저히 따르되(앞에 인용한 송순의 평시조와 노랫말의 배분을 나타내는 빗금 친 부분이 완전 일치하는 데서 확인할 수 있음), 다만 평시조의 한 章이 4개의 음절마디(음보)로 구성됨으로써 정형적 율격양식을 가지고 있음에 비해 사설시조는 음보 수에는 구애받지 않고 대신 4개의 의미마디로 하나의 장을 구성한다는, 그리하여 사설이 많아진다는 차이점을 보이는 것이 다를 뿐이다.

이는 사설시조가 평시조를 자유롭게 일탈할 수 있는 양식이 결코 아님을 의미한다. 평시조가 아를 추구하고 사설시조가 속을 추구한다고 하여 자칫 대항 장르로 인식하거나 대립적인 미학을 갖는 것으로 받아들이는 것은 이런 점에서 잘못된 이해라 할 수 있다. 앞에서 사설시조가 시조의 미학을 보완 확장하고 있다고 본 것도 바로 이런 점을 감안한 것이다. 문제는 사설시조에 이러한 장르적 위상에 대하여 특히 현대시조를 창작 혹은 비평하는 문단계에서 잘못 인식하고 있는 경우가 대부분이라는 현실에 있으며11) 이는 참으로 유감이 아닐 수 없다.

3. 고시조의 현대적 변환 문제─현대시조의 나아갈 길

이상에서 고시조는 3장으로 완결되고 각 장이 4개의 음절마디로 구성되어야 하는 극도로 절제된 양식이어서 자칫 무미건조함으로 빠지기 마련인데, 이러한 결함을 조화롭고 아정한 선율과 리듬에 담아 노래함으로써 그리고 고상하고 전아한 道心의 이념적 깊이를 후경으로 깖으로써 상당 부분 극복하고 있음을 살폈다. 그리고 이러한 아의 미학 추구뿐 아니라 도시

---

11) 다만 신범순, 「현대시조의 양식실험과 자유시의 경계」, 《시조시학》, 2000년 하반기호에서는 사설시조의 시조에 대한 보완적 성격을 제대로 파악하고 있어 다행이 아닐 수 없다. 그렇긴 하나 형식 문제에 있어서는 사설시조가 시조의 위반 형식이라 하여 추상적 지적에 그치고 있어 그 위반의 정도가 어느 정도인지 파악할 길이 없는 점이 아쉽다.

의 성장과 더불어 발흥한 속의 미학을 사설시조라는 변격형을 통해 구현함으로써 시조의 영역을 확장 보완할 수 있었음도 확인했다.

고시조는 이처럼 당대의 지배 이데올로기에 의한 미적 규범성이 예술 형식으로 표출된 것이어서 조선시대 5백 년 간을 향유자의 기대 범주에 충분히 부응해 갈 수 있었지만, 그 사회가 무너지고 근·현대라는 새로운 시대가 도래함에 따라 시조는 새로운 미의식의 기대 범주에 못 미칠 뿐 아니라 새 시대의 확장 욕구를 더 이상 감당해내지 못함으로써 소멸의 위기를 맞게 되었다. 그 대신 자유시가 등장하여 미의식의 패러다임을 근본적으로 달리하는 새 시대의 시대정신에 부응함으로써 현대의 중심 장르로 부상하게 되고, 그 방향은 고시조의 형식적 틀을 철저히 무너뜨리는 방향으로 나아가게 된 것이다.

즉 고시조의 형식적 미학적 강제에 대해 무한정 자유롭고자 하는 새로운 시민계층이 자유시를 주도해 나갔다. '근대'는 '개인'이 두각을 나타내는 시대로 모든 중세적 규범을 파괴하고 '자유로운 정신'으로 표현함으로써 풍부한 개성과 자립정신을 보여 주었다. 이러한 개성과 자유정신이 시조의 강제에서 벗어나 주요한의 「불놀이」 같은 자유시를 낳게 된 것이다. 그 뒤를 이은 '현대'는 '부조리'가 가장 중요한 범주이고, 부조리의 출현은 '자유 추구'와 관련이 있으므로 현대에 자유시가 계승되어 주류 장르로 위상을 굳건히 해나감은 당연한 귀결이라 할 수 있다.

그러나 현대 자유시의 지나친 자유 추구는 무한정 자유로움을 추구하는 자들의 기대지평에는 호응을 더해갈 수 있었지만,

다른 한편으로는 그 혼란스러운 형식에 식상한 나머지 안정되고 조화로운 고시조적 정형의 틀에 향수를 갖게 되는 계기를 야기하기도 했다. 신경림이 "나는 시조를 많이 읽는 편이다. 잘 읽혀서일 것이다. 요즘 시들, 너무 안 읽힌다. 너무 난삽하고 현란해서, 그리고 너무 말이 많아서 읽기가 여간 힘들지 않다. 이에 비하여 일정한 형식과 리듬의 속박을 받는 시조는 훨씬 수월하게 읽힌다. …… 물론 시조가 우리 것이란 사실에 대한 막연한 경도도 있을 터이다."12)라고 고백한 말에 그 점이 잘 드러난다.

이는 자유시의 형식적 이념적 미학적 혼란스러움에 대한 거부와 시조의 안정된 전통미학과 율조에 대한 공감의 표현으로 이해된다. 그뿐 아니라 나라가 위기에 처하여 우리 문학의 정체성마저 상실할 위기를 맞을 때마다 전통미학을 갈구하는 움직임이 일어났으니 일제시대의 국민문학파에 의한 시조부흥운동과 해방 후 50년대의 시조부흥 논의가 그것이다.

이와 같은 자유시에 대한 두 가지 반발 움직임은 현대시조가 설 자리를 마련해 주는 든든한 보루가 되고 있다. 자유시가 더욱 불안정한 혼란 속으로 빠져들수록 그리고 우리 문학으로서의 정체성을 상실할수록 안정적인 율조와 미학으로 다듬어진 현대시조에 대한 갈망은 더욱 확대되어 갈 것이기 때문이다. 자유시에 대한 현대시조의 장르 경쟁력은 여기에 있는 것이다. 여기서 현대시조의 나아갈 방향이 어느 정도 떠오른다. 고시조가 아닌 현대시조이니 만큼, 현대인의 시대정신과 감수성에 공감

---

12) 윤금초 편,『갈잎 흔드는 여섯 악장 칸타타』, 창작과비평사, 1999의 해설문 참조.

력을 갖되, 자유시의 불안정한 혼란을 극복할 수 있는 안정된 율조와 전통미학으로 시조의 정체성을 굳건히 지키며 장르가 수행되어야 한다는 것이다.

현대인의 정신과 감수성에 호소력을 가지려면 고시조의 낡은 양식적 특징에서 멀어질수록 더 훌륭히 수행될 수 있을 것이다. 반대로 안정된 율조와 전통미학을 굳건히 계승하려면 할수록 시조 정체성의 근원인 고시조의 정형적 틀로 다가가려 할 것이다. 현대시조에 작용하는 이 두 가지 방향은 전자가 원심력으로, 후자가 구심력으로 작용할 것이다.

일제시대 육당에서부터 오늘에 이르기까지 지속되어온 시조의 끝없는 형식적 실험은 시조의 낡은 양식적 틀에서 벗어나 현대인의 미적 감수성과 시대정신을 반영하기 위한 모색의 과정임은 말할 것도 없다. 문제는 그 원심력의 작용이 지나쳐 시조의 정체성마저 깨뜨리는 과도한 형식 실험으로 나아갈 때 자유시와의 변별력이 무너지게 된다는 점이다. 그렇게 된다면 차라리 자유시라는 장르를 선택할 일이지 굳이 시조라는 이름을 빌어, 자유시도 시조도 그 어느 것도 아닌 어정쩡한 흉물을 만들어 낼 필요는 없는 것이다. 이런 경향은 자유시와 현대시조를 기분에 따라 양다리 걸쳐 창작하는 시인들에게서 흔히 볼 수 있는데, 이 경우 대부분은 시조의 정체성이 무엇인지를 잘 모른 채 작품을 양산하기 마련이다.

반대로 시조의 근원으로 돌아가고자 하는 구심력의 작용이 지나쳐 고시조의 문법적 틀을 한 치도 어김없이 준수하고자 하며, 심지어 그 기사記寫 방식까지도 시조의 정형적 틀이 드러날 수 있도록 표기해야 한다는 주장까지 하는 경우도 보인다.[13] 이는 현대시조의 형식 실험이 그 정도를 지나쳐 시조의 정체성마저 허물어뜨리는 결과를 가져오는 현상에 대한 반발이어서 어느 정도 타당성이 인정되지만, 그렇다고 시조의 본원적 모습에까지 근접해야 한다는 것은 지나친 구속이어서 기본적으로 개성과 자유로움을 시대정신으로 하는 현대인의 감수성을 충족해 내는 데는 한계가 있지 않을까 생각된다. 시조의 정체성을 향한 구심력이 지나치게 작용하면 고시조와의 변별력이 없어지는 문제가 야기된다.

그렇다면 현대시조의 나아갈 길은 어떠해야 할까? 이럴 때 우리의 선인들이 현명하게 선택한 길이 있으니 바로 법고창신法鼓創新의 정신이다. 지나친 형식 실험은 '법고'에는 별로 신경 쓰지 않고 '창신' 쪽으로 치달을 때 나타나는 현상이다. 지나친 형식 실험 가운데 손에 잡히는 대로 몇 가지 사례만 든다면, 우선 양장시조의 실험이 있었는데 이는 시조의 최소한의 형식적 정체성이 3장으로 완결된다는 근본을 허무는 것이어서 호응을 획득하기 어려운 것이었다. 그리고 평시조로 시작하여 사설시조로 갔다가 평시조로 끝나는 실험 혹은 그러한 순서는 아니지만 평시조와 사설시조를 이렇게 저렇게 혼합하는 형식 실험도 상당히 보여 왔는데, 이 또한 평시조와 사설시조는 그 지향하는 미학이 상호 충돌하므로 성공하거나 호응을 얻기가 쉽지 않은 것이었다.

여기서 한 걸음 나아가 시조와 사설시조의 혼합마저도 부족

---

13) 이런 주장의 대표적 사례는 임종찬,「현대시조작품을 통해 본 창작상의 문제점 연구」,『시조학논총』11집, 한국시조학회, 1995 및 임종찬,「시조 표기 양상 연구」,《시조문학》, 2000년 여름호를 들 수 있다.

하여 속요의 일부까지 섞어 넣는 이른바 옴니버스 시조라는 새로운 형식도 보이는데, 이는 속요가 그 기본 율격미학적 바탕을 3보격(불안정적이고 유동적인 율격 양식임)에 두고 있으며, 시조는 4보격(정적이고 유장하며 차분하고 안정적인 정서 표상에 적절한 율격 양식)에 두고 있다는 사실을 감안하면 그로 인한 상호 충돌이 보다 심각하다는 점에서 역시 성공하기 어려운 형식 실험이라 할 것이다.

또 어떤 경우는 평시조 형태의 시조 3수를 연 구분하지 않고 모두 붙여 9행시 형태로 제시함으로써 마치 9행의 자유시를 연상시키는 짜임을 보이기도 하는데 이 역시 시조는 일단 3장으로 완결되며, 그것이 여러 수 연결되어 연시조로 간다 하더라도 연과 연 사이의 흐름이 자연스럽게 이어질 수 있는 자유시와 달리 시조는 구조적으로 그렇지 못하다는 점에서 연의 강제적 결합은 안정성을 해치고 불안감만 조성할 뿐, 이 역시 성공적일 것 같지 않아 보인다. 시조는 3장 단위로 구조화되는 정형시로서의 형식적 완결성이 어느 장르보다 강하기 때문에 연의 독립성이 그만큼 강한 것이다. 그럼에도 연의 경계를 무시하고 강제로 붙여놓는 것은 자유시 흉내를 낸 꼴이어서 장르 경쟁력이 떨어질 수밖에 없는 것이다.

이와 같이 시조를 열린 형식으로 간주하여 여러 형식실험을 자의적으로, 자유자재로 하는 것은 문제가 많아 보인다. 시조는 결코 열린 형식이라 할 만큼 자유스럽지는 않다. 오히려 시조는 어떠한 경우에도 3장으로 완결해야 하는 닫힌 형식이며, 각 장도 4보격으로 혹은 4개의 의미 마디로 구성해야 하며, 평시조의 경우 각 장은 또 2보격씩 짝을 이루도록 짜는 것이 원칙이며,

종장은 첫째와 둘째 마디에서 시상의 전환을 이룰 만한 변화를 보여야 하는 정형률의 까다로움을 준수해야 하는 닫힌 형식인 것이다. 아니 그만큼 안정된 형식이다.

시조가 열린 형식이라 함은 시행詩行의 배열에서나 가능하다고 봐야 한다. 고시조와 현대시조의 분기점은 바로 시행 배열이 자유로우냐 아니냐에 있는 것이다. 근대와 현대의 시대정신이 개성과 자유로움의 추구에 있다면, 고시조와 변별되는 (현대)시조의 현대성은 바로 이 시행 배열의 개성과 자유로움에서 획득될 수 있기 때문이다.

고시조가 내리박이 줄글식으로 표기되어 음보 구분은커녕 章 구분마저도 잘되어 있지 않음은 노랫말이 악곡에 실리기 때문에 선율과 리듬의 아름다운 배분을 따라 정서의 미적 파동이 구현될 수 있기 때문이다. 그에 비해 현대시조는 이러한 악곡 구조의 미적·정서적 뒷받침을 전혀 받지 못하므로 오로지 노랫말의 개성적이고 자유로운 배분을 통해 그것을 감당해야 하는 것이다.

그러나 현대시조에서 노랫말의 개성적이고 자유로운 배분은 시조의 양식적 정체성을 상실하지 않는 범위 내에서 이루어져야 한다. 그러기 위해서는 앞에서 제시한 세 가지 원칙, 즉

1) 통사 의미론적 연결고리를 이루는 3개의 章(초·중·종장)으로 시상을 완결한다.
2) 각 장은 4개의 음절마디(평시조의 경우) 혹은 의미마디(사설시조의 경우)로 구성한다.
3) (시상 전환을 위해) 종장의 첫 마디는 3음절로, 둘째 마디

는 2어절 이상으로 하여 변화를 준다.

를 준수하는 범위 내에서의 개성과 자유로움을 갖는 열린 형식으로 받아들여야 하는 것이다.

서정시는 詩行을 통한 발화로 정의된다. 시행은 또 분절分節을 통해서 시적 발화를 정상 언어적인 발화로부터 이탈하도록 만들어 준다. 이러한 이탈이 작품으로 하여금 서정시가 되게 하는 것이다. 즉 정상 언어의 통사론적 단위와는 다른 고유한 발화 분절로 실현되어야 한다.

그러기 위해서는 시행을 도식적 운율화가 아니라 '의미생산적 율동화'로 이끌어가야 한다. 통사론적 단위를 따라 발화하게 되면 시행 발화 아닌 산문 발화가 되며, 발화 분절이 운율적 필요나 운율적 제약에만 따르면 기계적 운율이 되어 의미생산적 율동화로 나아가지 못하므로 서정적 긴장을 조성할 수 없기 때문이다.14)

현대시조도 서정시의 하나이므로 서정성을 조성하기 위한 시행배분이 그 동안 형식 실험을 통해 어떻게 이루어져 왔는가를 대표적 사례 몇 편을 들어 살펴보기로 하자.

먼저 초기에 가장 흔하게 보였던 시조 형태를 들면 다음과 같다.

　　바람은 없다마는 잎새 절로 흔들리고
　　냇물은 흐르련만 거울 아니 움직인다

---

14) 서정시의 이러한 특징에 대하여는 디이터 람핑(장영태 역), 『서정시 : 이론과 역사』, 문학과지성사, 1994 참조.

白龍이 허위고들어 잠깐 들석 하더라

―정인보, 「만폭동萬瀑洞」 일부

　이런 형태는 가장 복고적인 정통시조 형태라 할 만한 것으로, 시행 발화로서의 이렇다 할 형식 실험 없이 章 구분에 따라 시행을 그대로 배분한 것이고, 각 장의 4음보 구성도 그대로 시조의 운율적 제약을 기계적으로 따른 것이어서 그로 인한 도식적 운율화로 나타날 뿐, 작품의 형식적 짜임이 분절에 의해 의미를 생산하는 율동화로 나아가지 못함으로써 서정적 긴장을 촉발하지 못하고, 결국 무미건조하고 둔중한 작품이 되게 만들었다. 이에 비해,

　　봄마다
　　내 봄 속에
　　죄가 꿈틀, 거린다네.
　　티 없는 눈길로는 피는 꽃도 차마 못 볼,
　　들키면 알몸이 되는
　　죄가 꿈
　　틀, 거린다네.

　　죄가 꿈
　　틀, 거린다네

　　들키면 알몸이 될,
　　망치로 후려치고 때릴수록 일어서는 두더지 대가리 같은,

134

피는 꽃도

차마

못

볼,

―이종문, 「고백」 전문

은 시행 배분을 시조의 운율적 제약과는 무관하게 개성적이고
자유롭게 함으로써 개성과 자유로움이라는 시조의 현대성을 첨
단에서 보여주고 있다. 특히 꿈틀이라는 단어마저도 분절하여
별개의 2개 시행으로 분리 배치함으로써, 제어하기 어려운 성
적 욕망의 꿈틀거림이 그것을 부끄럽게 여기는 순수한 감정을
딛고 솟아오르는 충동적 정서를 인상 깊게 드러낸다.

거기다 둘째 수의 중장 전체와 종장 앞구는 장의 경계를 무
시하고 임의로 붙여 놓아 유난히 긴 시행 발화를 이루도록 하
는가 하면, 종장의 뒷구는 그 반대로 1~2음절어마저도 행을 구
분하여 극히 짧은 시행 발화가 되도록 했다. 이처럼 이 작품은
시조의 운율제약과는 무관하게 자유자재로 행을 배분함으로써
개성적이고 자유로운 시행 발화에 의한 의미생산적 율동화에
성공하여 서정성을 강하게 불러일으키고 있다. 그러나 이 작품
이 담고자 하는 꿈틀거리는 성적 욕망의 정서가 평시조라는 극
도의 절제되고 안정된 형식적 장치와 잘 부합되지 않아 현대시
조로서 폭넓은 공감대를 획득하기에는 정인보 작품과는 정반대
의 이유로 해서 마찬가지로 어려운 것으로 보인다.

평시조의 극도로 억제되고 안정된 형식 장치로서는 아무래도
그러한 욕망을 자유로이 드러내기보다는, 반대로 그것을 도심

이나 그에 버금가는 절제된 수양으로 다스리는 정서를 드러내기에 적합하기 때문이다.

이 밖에 현대시조가 시도한 다양한 형식 실험들은 시행 발화면에서 본다면 정인보가 보여 준 정통의 형태에서부터 이종문의 최첨단 형태에 이르는 양극단 사이의 어느 지점에 각기 개성적으로 놓여 있는 것으로 설명이 가능하다. 그리하여 정인보의 시조 쪽으로 이끌릴수록 구심력이 작용하여 법고창신에서 '법고' 쪽으로 경사되어 마치 투박한 질그릇에 담긴 토종의 된장 맛을 낸다면, 이종문의 시조 쪽으로 이끌릴수록 원심력이 작용하여 창신 쪽으로 경사된 나머지 마치 칼질한 야채에 마요네즈나 소스를 담뿍 친 맛을 낸다고 비유할 수 있다. 그리하여 전자가 시조의 전통성은 가지되 현대성에서 극히 미흡하여 고시조와의 변별성이 문제라면, 후자는 현대성은 가지되 전통성에서 극히 미흡하여 자유시와의 변별성이 문제가 된다. 양극단으로 갈수록 그만큼 존재 이유가 희박하다는 것이다. 즉 전자의 극단은 현대성이 없어 외면당한다면, 후자의 극단은 전통성이 없어(시조 같지 않아 그럴 바엔 차라리 자유시를 선호하게 됨) 외면당하게 된다는 것이다.

그런 점에서 다음의 시조는 현대시조로서의 하나의 모범을 보인다.

무심한 한 덩이 바위도
바위소리 들을라면
들어도 들어 올려도
끝내 들리지 않아야

그 물론 검버섯 같은 것이

거뭇거뭇 피어나야

—조오현, 「일색변 1」 전문

  이 작품은 시조의 양식적 틀을 그대로 준수하여 전통적 미학을 유지하면서도 초 중 종장을 각각 2행의 시행 발화로 배분하여 의미론적 율동화를 안정적으로 실현함으로써 정인보와 같은 복고적 정통시조와는 다른 참신성(현대성)과 안정감(전통성)을 동시에 보여 준다. 거기다 각 음절 마디(음보)의 음절수를 의미 생산적 율동화에 내맡겨 상당히 개성적이고 자유로운 리듬을 타게 함으로써 고시조와는 다른 현대성을 보여준다.

  그러나 무엇보다 有와 無, 色과 空, 迷와 悟, 得과 失을 초월한 一色의 경계를, 들어도 움직이지 않고 세월의 풍상을 검버섯으로 견뎌낸 바위라는 세계상으로 파악하여 그러한 바위 같은 마음으로 살고자 하는 시인의 고도로 수련된 정신적 높이가 극도로 절제되고 안정된 시조 양식과 절묘하게 맞아떨어지고 있는 점이 주목된다. 그런 점에서 이 작품은 법고 쪽으로 경사된 고루함도, 창신 쪽으로 경사된 이질감이나 혼란스러움도 찾아볼 수 없는, 법고창신의 정신이 적절히 구현된 현대시조의 절창이라 할 만하다.

  사실 이종문이 노래하고자 했던 욕망의 꿈틀거림이나 도시에서 찾아지는 속의 미학은 사설시조가 보다 적절한 양식적 틀임은 이미 말한 바다. 그런데 시조문단계에서 사설시조만큼 오해를 보이는 양식도 없을 것이다. 특히 사설시조를 시조의 형식적 강제에서 자유롭게 일탈하는 대립 장르로 인식하는 경우가 그러하다. 예를 들면 "사설시조에 오면 그 본래의 정형이란 거의 남아 있지 않을 정도로 심한 해체를 당하고 있다.

이러한 변화를 시조라는 한 양식의 발전으로 본다면 자유시야말로 그것의 종국적 모형일 수 있다. 양식이란 본래의 틀이 해체될수록 그 존재 가치가 약화된다는 측면에서 본다면 사설시조란 시조의 종언을 예고하는 모습이 된다."[15]라는 진술이 잘 대변한다. 국문학계에서도 한때 사설시조를 자유시에 근접하는 리듬을 가진 것으로 파악한 적이 있다(박철희). 과연 그런지 다음의 작품에서 확인해 보자.

閣氏네/ 더위들 사시오/ 이른 더위 느즌 더위/ 여러 히포 묵은 더위//

五六月 伏더위에 情에 님 만나이셔 둘 불근 平床우희 츤츤 감겨 누엇다가 무음 일 ᄒ엿던디 五臟이 煩熱ᄒ여 구슬쏨 들리면셔 헐덕이는 그 더위와/ 冬至둘 긴긴밤의 고은님 품의 들어 ᄃ스흔 아름목과 둑거운 니블속에 두 몸이 훈몸되야 그리져 리ᄒ니 手足이 답답ᄒ고 목굼기 타올적의 웃목에 춘 슉늉을 벌덕벌덕 켜는 더위/ 閣氏네 사려거든/ 所見대로 사시옵소//

쟝ᄉ야/ 네 더위 여럿듕에 님 만난 두 더위는 뉘 아니 됴화ᄒ리/ 놈의게 푸디 말고/ 브듸 내게 푸르시소///

───────────

15) 윤금초 외 3인, 『네 사람의 얼굴』, 문학과지성사, 1983의 오규원 해설문 참조.

138

겉보기엔 평시조의 형식적 강제를 자유롭게 일탈하여 상당히 말이 많고 긴 작품이 된 것으로 보인다. 사설시조는 이처럼 일단 사설을 많이 주워섬기고, 말을 많이 엮어 짜므로 엮음(編)시조, 습(拾)시조, 좀는 시조, 말(사설)시조 등으로 불리어 왔다. 그러나 말이 많아졌다하여 시조 형식의 구속에서 해방된 것이 결코 아님을 위 작품의 빗금 친 부분을 살펴보면 알 수 있다.

즉 앞에서 제시한 시조의 정형적 틀의 3가지 조건을 모두 갖추고 있는 것이다. 다만 평시조와 달리 두 번째 조건에서 4개의 음절마디 대신 의미 마디로 구성된다는 점이 차이를 보일 뿐이다. 여기서 의미 마디란 통사 의미론적으로 구분되는 단위 구를 말하는 것으로 아무리 말이 많은 사설시조도 4개의 의미 단위 구로 구성된다는 점에서는 예외가 없는 것이다. 그러므로 사설시조를 시조의 해체형식으로 보아 자유시에 근접한다는 생각은 근본적으로 잘못된 것이다.

더욱이 주목할 점은 말을 엮어 짜나갈 경우 임의로 자유롭게 하는 것이 아니라 반드시 2음보격의 연속으로 짜나간다는 것이다. 앞에 인용한 작품에서도 중장이 엄청 길어졌지만 2보격으로 엮어나감으로써 가능했던 것이다. 다만 2보격 연속체는 민요나 무가, 잡가 등에서 사설조 혹은 타령조로 불러나갈 때 흔히 사용되는 경쾌하고 발랄하며 급박한 리듬이어서 평시조의 4보격이 주는 유장한 안정감과는 판이하게 다른 미적 분위기를 조성하는 것이 유의할 점이다.

결국 평시조는 조오현의 작품에서 보듯이 인생의 달관을 통한 유장한 안정감을 극도의 서술 억제를 통해 드러낼 때 적합한 양식이고(4보격 중심이므로), 사설시조는 이와 달리 시정의

속된 정서를 노골적이고 재미롭게 엮어나가는 데(2보격 중심
이므로) 적합한 양식이라 할 것이다. 그런 점에서 다음의 작품
은 사설시조의 현대적 변환을 모범적으로 보여주는 사례에 해
당한다.

단비 한번 왔는갑다/ 활딱 벗고 뛰쳐나온 저년들 봐, 저년들
봐./ 민가에 살림 차린 개나리 왕벚꽃은/ 사람 닮아 왁자한
데,//

노루귀 섬노루귀 어미 곁에 새끼노루귀, 얼레지 흰얼레지 깽
깽이풀에 복수초, 할미꽃 노랑할미꽃 가는귀 먹은 가는잎할미
꽃, 우리 그이는 솔붓꽃 내 각시는 각시붓꽃/ 물렀거라 왜미
나리아재비 살짝 들린 처녀치마, 하늘에도 땅채송화 구수하니
각시둥글레, 생쥐 잡아 괭이눈, 도망쳐라 털괭이눈, 싫어도 동
의나물 낯두꺼운 윤판나물, 허허실실 미치광이 달큰해도 좀씀
바귀, 모두 모아 모데미풀, 한계령에 한계령풀, 기운내게 물솜
방망이 삼태기에 삼지구엽초 바람둥이 변산바람꽃 은밀하니
조개나물,/ 봉긋한 들꽃 산꽃/ 두 팔 가린 저 젖망울.//

간지러,/ 봄바람 간지러/ 홀아비꽃대/ 남실댄다.///
　　　　　　　　　　　　　　　　　－홍성란, 「봄이 오면 산에 들에」 전문

이 작품은 사설시조의 정형적 틀이 갖추어야 할 3가지 조건
을 모두 준수하고 있어 앞에 인용한 「더위 타령」 사설시조와
빗금 친 부분에서 완전 일치한다. 더구나 중장의 긴 사설을 4개

140

의 의미 마디(앞 2개의 의미 마디는 봄꽃과 봄풀들의 구체적 사물들을 대등하게 나열하면서 주워섬긴 것이지만, 말을 엮는 방법에서 차이를 보여 분절이 가능하도록 되어 있고, 뒤 2개는 앞과는 달리 구체적 사물의 나열이 아니라 산과 들에 핀 꽃들의 물오른 요염한 자태를 병치하여 나타내었기 때문에 쉽게 분절이 가능함)로 분절하여 구성한 점과, 아무리 사설이 길어지더라도 반드시 2음보격의 사설조(타령조)로 엮어 짜나간다는 점에서 사설시조의 율조를 너무나 잘 준수하고 있는 점은 이 시인이 사설시조의 율조와 정형적 틀을 명확히 인식해서 일부러 그에 맞추려는 노력이나 의도적 계획을 하지 않았음에도 불구하고 저절로 그에 맞아떨어진 경우로 보이는데(왜냐하면 사설시조의 이런 정형적 틀이나 엮음 방식을 알고 창작하는 시조시인을 아직 본 적이 없다), 그런 점에서 홍성란은 천성天性의 사설시조 작가라 해도 좋을 것이다.

앞 작품에서 봄이 되어 산에 들에 단비 맞아 탐스럽게 물오른 나물과 꽃들을 바라보는 시인의 시각은 2음보격으로 연속되는 타령조의 입담과 초장의 비속한 표현 그리고 작품 전편(초장의 첫머리부터 종장에 이르기까지)에 심심찮게 고개를 내미는 성적 욕망의 언어들과 어우러져 사설시조만이 갖는 걸쭉한 속의 미학을 멋지게 구현하고 있는 것이다. 홍성란이 사설시조라는 장르 시선으로 바라보는 세계상이야말로 마악노초가 지적한 바 '자연의 진기'에 해당하는, 童心과 통하는 욕망의 그것인 것이다. 그러면서도 이 작품이 보여주는 현대성은 거기 나열된 세계상이 시공을 초월한 것임에도 현대 도시적 감각과 정서로 포착하여 보여주기 때문이다.

그런데 여기서 유의할 점은 사설시조는 2음보격으로 엮어나가는 말의 '재미' 추구에 그 미학이 있는 것이지, 거기에서 평시조가 추구하는 심중한 의미나 정서적 긴장을 기대해서는 안 된다는 것이다. 앞에 인용한 「더위타령」이나 홍성란의 사설시조도 말을 엮어가는 재미가 그 중심이 됨은 말할 것도 없다. 이것이 바로 사설시조가 즐겨 추구하는 속의 미학인 것이다. 그런데 홍성란의 다른 사설시조 작품 「세살버릇－黨, 神聖冒瀆(당, 신성모독)」에 대해 어떤 평자는 "이를 시 또는 시조라 하기에는 암만해도 그 품격이 달린다.

작품이 진행되는 동안 의미의 확대, 심화, 구속, 반전 등의 긴장미가 없다. …… 시조 작품으로서 최소한의 품위 유지가 선결돼야 한다."16)라고 하여 심중한 의미와 품격을 담지해내지 못했다는 비판을 가하고 있다. 그러나 이는 비평의 정합성을 얻었다고 보기 어렵다. 평자가 요구하고 있는 사안은 자유시와 평시조에나 해당하는 것이지 사설시조에 해당되는 사안은 아니기 때문이다. 사설시조는 고아한 품격을 담지하거나 의미의 긴장미를 추구하는 것이 아니라 그 반대로 고아한 품격에서 일탈하고 말을 엮어가는 재미를 추구하는 것이 아닌가. 그러한 요구는 한마디로 우물에서 숭늉 찾는 격이다. (이상에서 언급한 현대시조 시인들을 가곡창의 가풍과 연결해서 비유한다면 정인보는 만대엽으로 노래한 현대시조라 할 수 있고, 조오현은 이삭대엽으로, 이종문은 소용으로, 홍성란은 편삭대엽으로 각각 품격을 달리해 노래한 것이라 할 수 있다)

---

16) 고정국, 「언어의 남용을 경계한다」, 《시조시학》, 2001, 153면.

이처럼 시조를 말하는 관련자들이 시조 혹은 사설시조에 대한 장르 인식의 부족으로 엉뚱한 논평이나 해석을 가하는 경우가 한둘이 아니다. 대개의 경우 자유시의 감식안이나 기대지평을 가지고 시조 혹은 사설시조를 바라보는 데 그 원인이 있다. 이런 현상과 더불어 창작자 쪽으로 눈길을 돌려보면 이 역시 자유시를 쓰는 기분으로 '현대시조'를 쓰는 경우가 허다하다는 것이다. 이런 현상은 현대시조를 위해 하루 속히 지양되어야 할 시급한 사안이다. 자유시가 아닌, 현대시조라는 장르 시각으로 현실을 바라보고 세계상을 파악하고자 할 때, 그래서 현대시조가 아니면 그러한 인식이나 정서를 표현하지 못한다는 절체절명의 장르 선택의 요구가 폭넓게 대두될 때 현대시조의 앞길은 밝아질 것이다.

김학성| 1945년 경북 문경 출생. 서울대 국문과, 동 대학원 졸업(문학박사). 전주대·원광대·성균관대 국문과 교수, 한국시가학회장 역임. 저서로 『한국고전시가의 연구』, 『한국고시가의 거시적 탐구』, 『한국시가의 담론과 미학』, 『한국고전시가의 전통과 계승』 등이 있음. 한국시조학술상, 도남국문학상, 만해대상(학술상) 등 수상. 현재 성균관대학교 명예교수.

시조콘서트, 열두 개의 와인글라스 2014

홍 성 란

(시인, 유심시조아카데미 원장)

3장 6구 12마디, 시조는 열두 개의 와인글라스다. 첫째 줄 초장에 와인글라스 네 개를 놓는다. 둘째 줄 중장에도 네 개를 놓는다. 셋째 줄 종장에도 네 개를 놓는다. 이 같은 크기의 와인글라스 열두 개에 담기는 와인의 양이 모두 같다면 실로폰 치듯 글라스를 채로 두드렸을 때 똑같은 소리가 날 것이다. 그러니 우리는 이 같은 크기의 글라스에 각기 다른 양의 와인을 따라야 아름다운 음향이 울려 퍼질 것임을 안다.

와인글라스에 담을 수 있는 와인의 양(기준 음량)은 4음절 정도이다. 4음절에 못 미칠 수도 있으나 이때는 장음과 정음으로써 나머지 음량을 채워 기준 음량인 4모라(mora)를 이룬다. 5음절 정도로 살짝 넘칠 수도 있는데 이는 정격을 지킨 것으로 본다. 이것이 음량률이다. 음보율의 음보는 반복의 최소단위로 작용할 뿐이지 율격 형성의 기저자질은 아니다.

종장의 첫 번째 글라스에는 반드시 3음절만큼만 따른다. 종장 두 번째 글라스에는 또 반드시 두 개의 글라스에 담을 양을 한 개의 글라스에 왈칵 부어버리는 정도로 넘치게 따른다. 종장의 이 두 지점이 독특한 율격미학으로 시조다운 음향을 내는 지점이다. 어떤 글라스에는 와인이 바닥에 깔려있고, 어떤 글라스는 흘러넘치기도 하고, 어떤 글라스는 좀 모자란 듯 담겨있기도 하다. 이렇게 각기 다른 양의 와인을 따라 부은 글라스를 실로폰채로 쳤을 때 리드미컬하고 멋진 하모니를 기대할 수 있다.

　하나의 와인글라스에 담기는 와인의 양(음절=귀에 들리는 소리)과 나머지 비어 있는 양(장음, 정음=귀에 들리지 않는 소리)이 합하여 한 마디의 음향을 내는 것이다. 시조를 글자 수 맞추듯 지어서도 안 되거니와 글자 수나 맞추어 쓴 도식적인 시는 흥취를 고양시킬 수 없다. 똑같은 곡조가 아니라 문득 새로운 음향이 울려 퍼질 때 청중은 감동한다.

(초장)　어—져—｜내 일이야 ‖ 그릴 줄을｜　모로ᄃᆞ냐

　　　　音譜末休止　　　中間休止　　　音譜末休止　　　行末休止

　　　第1音譜　＋　第2音譜　　　　第3音譜　＋　第4音譜
　　　─────────────　　　─────────────
　　　　　　第1句　　　　　　　　　　　　第2句

(중장)　이시라—｜ᄒᆞ더면∨ ‖ 가랴마ᄂᆞᆫ｜제 구틱야

　　　　音譜末休止　　　中間休止　　　音譜末休止　　　行末休止

　　　第5音譜　＋　第6音譜　　　　第7音譜　＋　第8音譜
　　　─────────────　　　─────────────
　　　　　　第3句　　　　　　　　　　　　第4句

(종장) **보내고** | **그리_는** + **情은** ‖ 나도 몰라 | ᄒᆞ노라∨

음보말휴지	중간휴지	음보말휴지	행말휴지
제9음보 + 제10음보		제11음보 + 제12음보	
제5구		제6구	

3장 6구 12음보

"어져"는 "내 일이야" 보다 느리게 읽는다. 느리게 읽는다는 것은 장음 2개를 실현하는 음량만큼 느리게 읽는다는 것이다. 제10음보는 두 개의 음보가 합한 것만큼의 음량이 한 마디 안에 들어가므로 음량이 늘어난 만큼 "그리_는+정은"은 빨리 읽는다. 결국 율독의 동일한 시간량마다 휴지가 나타나서 시조는 각 행이 4음보로 된 정형시임을 보여준다. 장음이나 정음이 채워지는 3음절 마디나 4음절로 된 마디의 율독의 시간, 즉 음지속량은 같다는 것이다.

황진이의 위 작품을 율격 마디로 분석해 보자. 한 마디의 기준 음량 4모라를 생각하면서 의미의 응집력을 가지는 통사의미 단위에 따라 구분한다. 초장 제1음보가 2음절 감탄사로 나머지 2음절만큼은 장음(─) 두 개가 채워 4모라의 음지속량을 가지게 된다. 중장 제6음보는 3음절이고 1모라의 음량은 정음(∨)이 채워 4모라의 음지속량을 가지게 된다. 종장의 첫마디만은 3음절로 고정되는 음수율이고, 둘째마디는 과음보 변형율격으로서 5~8음절 정도의 음지속량을 가진다.

음보율의 음보는 3음절 내지 4음절을 휴지의 일주기로 하여 동일한 시간량을 지속시키는 등시성을 가진다. 동일한 시간량을 지속시키는 등시성은 음지속량에 의해 결정되는 것이다.

146

시조는 3음절 또는 4음절을 휴지의 일주기로 하는 시간적 등장성의 반복 때문에 정형시가 되는 것이다. 시조의 율격은 각 음보에서 음절수가 같게 나타나는 게 아니라, 음지속량이 같게 나타나는 등장성에 기반한 음량률이다. 음지속량을 재는 율격 자질은 음절, 장음, 정음이다.

정리하면, 하나의 음보가 가지는 등시성인 4모라의 기준음량은 음절만이 아니라 장음長音이나 정음停音이라는 율격자질도 포함한다. 장음은 1음절만큼 장음화된 음 길이가 실제로 발음되는 '+ 장음'이다. 정음은 1음절만큼 음을 소거한 상태로서 장음화된 음절의 음장이 묵음의 형태를 취하는 '− 장음'이다. 우리말은 체언과 용언에 조사나 어미가 붙어 활용하는 첨가어(교착어)이고, 이 언어학적 구조에 따라 우리 시가는 자연스럽게 음량이 조절되는 음량률이라는 율격체계를 가진다.

항산화작용을 한다고 해서 탄닌 함량이 높은 와인을 좋아하지는 않는다. 아이스와인이 입맛에는 좋다. 달콤하고 향기로운 와인처럼 시어를 잘 다듬어 지을 수 있어야 굽이치는 시조의 리듬을 만들 수 있다. 초정 김상옥 선생의 말씀과 같이 시조는 굽 높은 제기요, 문자에 매이지 않는 시다. 시어 운용에 능란하고 율격 운용에 능란해야 진정한 연주를 펼칠 수 있다. 시조는 열두 개의 와인글라스가 빚는 콘서트다.

홍성란| 1989년 중앙시조백일장으로 등단. 시조집으로 『황진이 별곡』, 『겨울 약속』, 『따뜻한 슬픔』, 『바람 불어 그리운 날』, 『춤』이 있고, 시선집 『명자꽃』, 『백여덟 송이 애기메꽃』과 한국대표명시선100 『애인 있어요』가 있다. 저서로 『중앙시조대상 수상 작품집』, 『내가 좋아하는 현대시조 100선』, 『하늘의 소리, 땅의 소리—백팔번뇌』가 있다. 중앙시조대상 신인상, 유심작품상, 중앙시조대상, 대한민국문화예술상(문학 부문), 이영도시조문학상, 한국시조대상 등 수상. 현재 유심시조아카데미 원장.

홍성란 시집

깊고 먼 어둠에서 책상 밑의 어둠까지
은은한 꽃으로 피워 번지게 하려면
나의 제기祭器는
얼마나 말을 버려야 할까"
−시인의 말

● 문학수첩 간/ 160쪽/ 값 10,000원

홍성란과 함께 춤을

성란은 詩心이다. 아니, 시심의 강신무다. 어찌 그리도 삼행시 세상이
날이 새자마자 눈 시리게 새롭다냐. 성란은 詩語이다. 아니, 시어의
술할미다. 내린다, 빚는다, 익어 앗 취한다. 어찌 이리도 말들이 취하
여 너훌너훌 눈부신 춤이다냐. 이렇듯이 절창 쏟아놓다가 야윈 몸 상
할라.−고은 시인

군더더기 없는 단아한 결빙의 시학… 홍성란 시집 '춤' 시조는 뜨거운
내면을 결빙하는 얼음과도 같다. 말하고자 하는 것을 속에 감추고 오
래 침묵하는 시인이 홍성란이다. −정철훈 국민일보 문학전문기자

2014년
유심시조아카데미 시낭송 축제

상반기

❏ **시쓰기, 시낭송 어떻게 할까?**
  ‒교사와 학생을 위한 유심시조아카데미 시낭송 축제
  ● 일시: 2월 8일(토) 오후 3시
  ● 장소: 유심시조아카데미 세미나실

하반기

❏ **CEO들의 시조 낭송회**
  ● 일시: 10월 11일(토) 오후 3시
  ● 장소: 유심시조아카데미 세미나실
  ● 문의: 권영희 회장(010-6425-8166)
       이소영 총무(010-8723-3363)

▌ 주최: (재)만해사상실천선양회
▌ 주관: 유심시조아카데미 월요살롱 수요낭송클럽

2014년
유심시조아카데미

편집고문 | 조오현 이근배 윤금초 한분순 김학성 윤양희
편집지도위원 | 유재영 방민호 유성호 홍용희
편집위원 | 이소영(책임편집) 김선화 권영희 오승희 류미야

발행인·편집인 | 홍성란
인쇄일 | 2014년 02월 04일
발행일 | 2014년 02월 08일
발행처 | 유심시조아카데미
　　　　편집실 : 135-887 서울시 강남구 압구정로2길 60 MG타워 3층
　　　　전자우편 : srorchid@hanmail.net
　　　　전화 : 02-739-5781, 팩스 02-739-5782
배본처 | 이미지북 (010-3214-7068)

ISBN　978-89-89224-24-2　03810

* 값　10,000원
* 잘못 인쇄된 책은 바꾸어드립니다.

이 도서의 국립중앙도서관 출판시도서목록(CIP)은 서지정보유통지원시스템 홈페이지(http://seoji.nl.go.kr)와 국가
자료공동목록시스템(http://www.nl.go.kr/kolisnet)에서 이용하실 수 있습니다.(CIP제어번호: CIP2014003353